HEYNE
BÜCHER

Ein Verzeichnis weiterer
im Heyne-Taschenbuch erschienener Bücher des Autors
finden Sie am Schluß des Bandes

Science Fiction WARP 7 zum Kennenlernen
herausgegeben von
WOLFGANG JESCHKE

HARRY HARRISON

DIE BARBARENWELT

Roman

WILHELM HEYNE VERLAG
MÜNCHEN

HEYNE SCIENCE FICTION & FANTASY
Band 0607024

Titel der amerikanischen Originalausgabe
DEATHWORLD III
Aus dem Amerikanischen von
Wulf H. Bergner
Das Cover ist von
Arndt Drechsler
Die Illustrationen im Text zeichnete
John Stewart

Dieser Roman erschien
erstmals als Heyne Taschenbuch
unter demselben Titel
mit der Nummer 0603136

Umwelthinweis:
Dieses Buch wurde auf
chlor- und säurefreiem Papier gedruckt

Redaktion: Wolfgang Jeschke

Printed in Germany, Juli 1997
Umschlaggestaltung: Atelier Ingrid Schütz, München
Technische Betreuung: M. Spinola
Satz: Schaber Satz- und Datentechnik, Wels
Druck und Bindung: Elsnerdruck, Berlin

ISBN 3-453-12821-4

1

Leutnant Talenc zog das Scherenfernrohr zu sich herab und stellte es auf größere Lichtstärke ein, um die beginnende Dämmerung zu kompensieren. Die grellweiße Sonne ging hinter einer gewaltigen Wolkenbank unter, aber das elektronische Fernrohr zeigte ein klares Bild der welligen Hochebene. Talenc fluchte leise vor sich hin, während er die Umgebung des Schiffs absuchte. Gras, überall nur mit Rauhreif bedecktes Gras, das sich im Wind bewegte. Sonst nichts.

»Tut mir leid, aber ich habe nichts gesehen, Sir«, meinte der Wachtposten zögernd. »Dort draußen sieht es immer gleich aus.«

»Nun, ich habe es gesehen – und das genügt. Irgend etwas hat sich bewegt, und ich will feststellen, was es war.« Er sah auf die Uhr. »Noch eineinhalb Stunden, bis es dunkel wird. Mehr als genug Zeit. Melden Sie dem Wachhabenden, wohin ich gegangen bin.«

Der andere schien etwas sagen zu wollen, schwieg aber doch. Wie kam er dazu, Leutnant Talenc einen Rat zu geben? Als sich das Tor im Elektrozaun öffnete, warf Talenc sich sein Lasergewehr über die Schulter, betastete prüfend die Handgranaten an seinem Gürtel und marschierte zuversichtlich auf die Ebene hinaus. Er war davon überzeugt, daß sich dort draußen nichts verborgen halten konnte, mit dem er nicht fertig würde.

Er hatte eine Bewegung gesehen, davon war er fest überzeugt. Es konnte ein Tier gewesen sein; es konnte irgend etwas gewesen sein. Sein Entschluß, dieser Sache auf den Grund zu gehen, beruhte nicht nur auf Neugier, sondern auch auf Pflichtgefühl. Er stapfte durchs Gras, das unter seinen Füßen knisterte, und drehte sich nur einmal nach dem Lager um. Eine Handvoll niedriger Gebäude und Zelte, über denen das Skelett eines Bohrturms und der massive Rumpf des Raumschiffs aufragten. Talenc war kein empfindsamer Mann, aber in diesem Augenblick wurde ihm doch klar, wie winzig ihr Lager im Verhältnis zu dieser bis zum Horizont reichenden Ebene war. Er schüttelte den Kopf und wandte sich ab. Wenn sich hier draußen etwas verborgen hielt, würde er es umbringen.

Hundert Meter vom Zaun entfernt befand sich die erste Senke, die vom Lager her nicht einzusehen war, weil eine leichte Erhebung die Sicht versperrte. Talenc erreichte den höchsten Punkt dieser Erhebung und starrte die Berittenen an, die in der Senke versammelt waren.

Er wich sofort zurück, aber er war nicht schnell genug. Der nächste Reiter stieß seine Lanze durch Talencs Wade und zerrte ihn zu sich herab. Talenc hob im Fallen sein Gewehr, aber eine zweite Lanze schlug es ihm aus der Hand und nagelte die Hand auf dem Boden fest. Alles war in wenigen Sekunden vorbei, und der Schock begann eben erst zu wirken, als Talenc nach seinem Sprechfunkgerät zu greifen versuchte. Aber die nächste Lanze machte diese Bewegung unmöglich. Leutnant Talenc lag verwundet im Gras; er öffnete den Mund, um laut zu schreien, aber selbst das wurde ihm verwehrt. Der nächste Reiter beugte sich aus dem Sattel, holte mit seinem kurzen Säbel aus und brachte Talenc für immer zum Verstummen. Die Reiter sahen auf ihn herab und wandten sich dann ohne großes Interesse ab. Ihre Reittiere gaben ebenfalls keinen Laut von sich, obwohl sie sich unruhig bewegten.

»Was soll der Unsinn?« fragte der Wachhabende und schnallte sich sein Koppel um.

»Leutnant Talenc ist dort draußen, Sir. Er hat eine Bewegung gesehen und wollte feststellen, worum es sich handelte. Ich habe ihn vor zehn Minuten aus den Augen verloren und kann ihn auch über Funk nicht mehr erreichen.«

2·85·2

»Ich kann mir nicht vorstellen, was ihm dort passiert sein soll«, murmelte der Offizier mit einem Blick auf die Ebene. »Aber trotzdem … Sergeant!« Der Mann trat vor und salutierte. »Nehmen Sie eine Gruppe mit und suchen Sie Leutnant Talenc.«

Die Männer waren Professionals, die auf einem neuen Planeten nur Schwierigkeiten erwarteten. Sie schwärmten in Schützenkette aus und bewegten sich vorsichtig über die Ebene.

»Was ist los?« fragte der Metallurg, der mit einem Tablett voll Erzproben aus der Hütte unter dem Bohrturm trat.

»Keine Ahnung …«, antwortete der Offizier, als die Reiter aus der Senke auftauchten und in Richtung Lager galoppierten.

Es war erschreckend. Der Sergeant und seine Männer wurden überrannt und niedergemacht. Sie versuchten zu schießen, aber die Angreifer versteckten sich hinter ihren Tieren. Neun Leichen blieben zurück, und die Reiter waren kaum aufgehalten worden.

»Sie kommen hierher!« rief der Metallurg, ließ sein Tablett fallen und rannte davon. Die Alarmsirene heulte auf, und die Wachmannschaften eilten zu ihren Posten.

Die Angreifer überfielen das Lager so überraschend, daß niemand sich darauf vorbereiten konnte; die Männer in der Nähe des Zauns starben, ohne ihre Waffen gehoben zu haben. Die Reittiere der Fremden stampften auf Säulenbeinen heran, und das erste durchbrach den Zaun, wurde von der Hochspannung getötet und blieb vor dem Wachhabenden liegen. Er starrte es entsetzt an, aber in dieser Sekunde traf ihn der Reiter des Untiers mit einem Pfeil ins Auge, und er starb. Der Überfall dauerte nur wenige Minuten. Die Reiter schossen selbst in der Dämmerung zielsicher. Männer sanken tot oder verwundet zu Boden. Dann verschwanden die Angreifer ebenso rasch, wie sie gekommen waren, und in dem entsetzten Schweigen, das nun entstand, war das Stöhnen der Verwundeten erschreckend laut.

Die beginnende Dunkelheit machte die allgemeine Verwirrung noch schlimmer. Als die Lampen aufleuchteten, waren überall zwischen den Gebäuden Tote, Sterbende und Verwundete zu sehen. Bardovy, der Kommandant der Expedition, gab seine Befehle durch einen Handlautsprecher. Während Sanitäter sich um die Verwundeten kümmerten, wurden Granatwerfer in Stellung gebracht. Im Licht des großen Suchscheinwerfers waren die Reiter auf dem Hügelrücken zu erkennen, auf dem sie sich wieder versammelt hatten.

»Feuer!« brüllte der Kommandant wütend. Seine Stimme ging im Donner der ersten Salve unter, der rasch die nächsten Einschläge folgten.

Noch ahnte niemand, daß der erste Angriff nur eine Finte gewesen war – die Masse der Angreifer kam aus entgegengesetzter Richtung. Erst als die Tiere unter ihnen waren, begannen sie zu verstehen. Aber dann war es zu spät.

»Schleusen dicht!« befahl der wachhabende Pilot vom Kontrollturm aus. Er sah die Wellen der Angreifer vorbeifluten und wußte, wie langsam sich die Luken schlossen. Er drückte mehrmals auf die gleichen Knöpfe.

Die Angreifer durchbrachen den Elektrozaun. Die ersten starben und wurden von den nachfolgenden Tieren zertrampelt. Auch einige Reiter starben, aber Tausende füllten die Lücke, die ihr Tod hinterlassen hatte. Sie überwältigten das Lager, besetzten es, zerstörten es.

»Hier spricht Zweiter Offizier Weiks«, sagte die Stimme des Piloten aus allen Schiffslautsprechern. »Ist ein ranghöherer Offizier an Bord?« Er wartete, und als er wieder sprach, klang seine Stimme heiser.

»Mannschaften und Offiziere melden sich jetzt. Sparks, Sie schreiben die Namen auf.«

Weiks schaltete die Heckkameras ein und beobachtete die Angreifer auf seinem Bildschirm.

»Siebzehn … nur siebzehn«, meldete der Funker ungläubig erstaunt und gab Weiks die Liste. Der Schiffsoffizier warf einen Blick darauf und griff nach dem Mikrophon.

»Hier ist die Brücke«, sagte er. »Ich übernehme den Befehl. Triebwerke startbereit machen.«

»Wollen wir ihnen nicht helfen?« fragte eine Stimme. »Wir können sie doch nicht einfach im Stich lassen!«

»Dort draußen lebt niemand von uns mehr«, antwortete Weiks bedrückt. »Auf den Bildschirmen sind nur die Angreifer und ihre Tiere zu sehen. Außerdem könnten wir ohnehin nicht helfen. Es wäre geradezu Selbstmord, das Schiff zu verlassen. Wir haben kaum noch genügend Personal an Bord.« Der Pilot machte eine kurze Pause. »Start in fünfundsechzig Sekunden!«

»Wer sich dort unten aufhält, verbrennt in unserem Triebwerksstrahl«, stellte der Funker fest, während er sich anschnallte.

»Unsere Leute spüren nichts mehr«, versicherte Weiks ihm grimmig. »Hoffentlich erwischen wir die meisten anderen.«

Als das Raumschiff startete und einen Feuerstrahl ausstieß, fanden Hunderte von Reitern den Tod. Aber sobald der Boden wieder abgekühlt war, trabten die Wartenden heran und zertrampelten die Asche.

2

»Ziemlich dumm, sich von einem Sägevogel erwischen zu lassen«, stellte Brucco fest und half Jason dinAlt, sich die aufgeschlitzte Jacke aus Metallgewebe über den Kopf zu ziehen.

»Ziemlich dumm, sich auf diesem Planeten zu einem geruhsamen Mahl niederzulassen«, knurrte Jason unwillig. Er streifte die Jacke ab und zuckte zusammen, als seine rechte Seite schmerzte. »Ich wollte nur meine Suppe essen, und der Teller ist mir dazwischengeraten, als ich schießen mußte.«

»Nur ein Kratzer«, stellte Brucco fest. »Die Säge ist von den Rippen abgeprallt, anstatt sie zu durchdringen. Glück gehabt.«

»Allerdings, sonst wäre ich jetzt tot. Seit wann gibt es Sägevögel in der Kantine?«

»Wer auf Pyrrus lebt, muß stets auf das Unerwartete gefaßt sein; das wissen schon die Kinder.« Brucco desinfizierte die Wunde, und Jason biß die Zähne zusammen. Das Visorphon summte, dann erschien Metas besorgtes Gesicht auf dem Bildschirm.

»Jason, ich habe gehört, daß du verwundet bist.«

»Ich sterbe«, erklärte er ihr.

Brucco runzelte die Stirn. »Unsinn. Nur ein Schnitt, vierzehn Zentimeter lang, keine Giftstoffe.«

»Ist das alles?« fragte Meta. Der Bildschirm wurde wieder dunkel.

»Ja, das ist alles«, wiederholte Jason erbittert. »Nur ein Liter Blut und ein Pfund Fleisch. Muß ich ein Bein verlieren, um Anspruch auf Mitgefühl zu haben?«

»Wer sein Bein im Kampf verliert, kann mit unserem Mitgefühl rechnen«, erklärte Brucco und verband die Wunde. »Aber wer es in der Kantine verliert, weil er einen Sägevogel nicht gesehen hat, würde höchstens ausgelacht.«

»Genug!« wehrte Jason ab und zog sich die Jacke wieder an. »Ich weiß schon, was ich hierzulande zu erwarten habe, und ich glaube nicht, daß ich mich eine Minute lang nach Pyrrus zurücksehnen werde.«

»Verläßt du uns?« fragte Brucco schnell.

»Du brauchst kein trauriges Gesicht zu machen. Einzelheiten werden erst um fünfzehn Uhr verraten, wenn die anderen anwesend sind.« Jason nickte Brucco zu und ging hinaus, wobei er seine Seite so wenig wie möglich zu bewegen versuchte.

Hier ist wirklich eine Veränderung fällig, überlegte er

sich, als er durch ein Fenster im Schutzwall auf den tödlichen Dschungel hinabsah. Lichtempfindliche Zellen mußten seine Bewegung wahrgenommen haben, denn ein Zweig schnellte nach vorn und ließ Dutzende von Dornen gegen das Panzerglas prasseln. Jasons Reflexe waren unterdessen so durchtrainiert, daß er keinen Muskel bewegte.

Wenn es Veränderungen geben sollte, mußte er dafür sorgen, daß sie eintraten. Er hatte sich eingebildet, die Probleme dieses Planeten gelöst zu haben, als er den Pyrranern bewies, daß sie selbst an diesem endlosen Kampf schuld waren, den die Natur gegen sie führte. Ein Teil der Bewohner dieser letzten Stadt des Planeten hatten die Realitäten ihres Lebens erkannt und waren weit genug fortgezogen, um dem Haß zu entgehen, der schwer auf der Stadt lastete. Aber die Zurückgebliebenen wollten nicht einsehen, daß nur ihr Haß den Krieg schürte, so daß der Gegner immer stärker wurde.

Das Ende war unausbleiblich. Jason wollte eine weitere Veränderung vorschlagen. Er fragte sich, wie viele damit einverstanden sein würden.

Jason erschien erst zwanzig Minuten nach fünfzehn Uhr in Kerks Büro; er war aufgehalten worden, weil er eine wichtige Nachricht erwartete. Als er den Raum betrat, sah er den gleichen Ausdruck auf allen Gesichtern: Ärger. Pyrraner besaßen wenig Geduld und erst recht keinen Sinn für das Geheimnisvolle. Sie waren sich ähnlich und doch so unterschiedlich.

Kerk, grauhaarig und untersetzt, beherrschter als die anderen, weil er im Umgang mit Bewohnern anderer Planeten Selbstbeherrschung gelernt hatte. Dies war der Mann, der überzeugt werden mußte, denn er war der eigentliche Führer der Pyrraner.

Brucco, hakennasig und hager, mit einem ständig mißtrauischen Gesichtsausdruck. Als Arzt, Forscher und Ökologe war er der einzige Experte für pyrranische Lebensformen. Er mußte mißtrauisch sein. Zum Glück war er

Wissenschaftler genug, um sich von Tatsachen überzeugen zu lassen.

Und Rhes, Führer der Outsider, die sich diesem tödlichen Planeten erfolgreich angepaßt hatten. Er war nicht wie die anderen von Haß erfüllt, und Jason rechnete mit seiner Unterstützung.

Meta, stolz und schön, aber auch stärker als die meisten Männer. Weiß dein eiskalter Verstand, was Liebe ist? Oder duldest du den Fremden Jason dinAlt nur aus Besitzerstolz in deiner Nähe? Er wüßte es gern. Aber nicht gleich jetzt.

Jason schloß die Tür hinter sich und lächelte. »Hallo, Freunde«, begann er, »ihr entschuldigt doch, daß ich euch habe warten lassen?« Er fuhr rasch fort, ohne ihren wütenden Gesichtsausdruck zu beachten. »Ihr freut euch bestimmt, wenn ich euch erzähle, daß ich völlig pleite bin.«

»Du hast Millionen auf der Bank«, stellte Kerk fest, »ohne sie ausgeben zu können.«

»Ich habe sie trotzdem ausgegeben«, teilte Jason ihm mit. »Ich habe ein Raumschiff gekauft. Es ist jetzt hierher unterwegs.«

»Warum?« fragte Meta für alle Anwesenden.

»Weil ich Pyrrus verlasse. Ich nehme dich und so viele andere wie möglich mit.«

Jason wußte, was sie jetzt dachten. Pyrrus war schließlich ihre Heimat; gefährlich und tödlich – aber immerhin ihr Planet. Deshalb mußte er diesen Gedanken attraktiv machen. Der Appell an ihre Vernunft kam später.

»Ich habe einen Planeten entdeckt, der gefährlicher als Pyrrus ist«, behauptete er.

Brucco lachte ungläubig, und die anderen schienen erstaunt.

»Soll das eine besondere Attraktion sein?« erkundigte Rhes sich, der nichts von Gewalttätigkeiten hielt. Jason nickte grinsend und machte sich daran, die anderen zu überzeugen.

»Dieser Planet ist tödlich, weil dort die gefährlichste Lebensform auftritt. Sie ist schneller als ein Stechflügel, rücksichtsloser als ein Hornteufel, stärker als ein Klauenhabicht – die Liste hat kein Ende. Ich habe den Planeten entdeckt, den diese Lebewesen bewohnen.«

»Du meinst Menschen, nicht wahr?« fragte Kerk zögernd.

»Ja. Diese Menschen sind gefährlicher als Pyrraner, denn hier hat es eine natürliche Auslese mit dem Ziel der Verteidigung gegeben. Was haltet ihr von einem Planeten, dessen Bewohner seit Jahrtausenden gelehrt werden, anzugreifen, zu töten und zu zerstören, ohne die Folgen zu beachten? Wie müßten die Überlebenden dieses Völkermordens eurer Meinung nach aussehen?«

Die anderen dachten darüber nach und schienen nicht viel davon zu halten. Jason sprach rasch weiter.

»Ich spreche von einem Planeten namens ›Felicity‹, der diesen Namen aus unerklärlichen Gründen erhalten hat. Vor einigen Monaten habe ich eine kleine Meldung gelesen, in der berichtet wurde, daß eine ganze Bergwerkssiedlung zerstört worden sei. Das ist ziemlich schwierig. Erschließungsteams sind gut ausgebildet und auf Überraschungen gefaßt – und die Teams der John Company sind zäher als die anderen. Außerdem spielt die John Company nicht mit kleinen Einsätzen.

Ich habe mich mit einigen Freunden in Verbindung gesetzt und ihnen großzügige Spesen bewilligt. Sie haben einen Überlebenden aufgetrieben, der sich seine Informationen gut bezahlen ließ. Ich habe sie hier.« Er hielt ein Blatt hoch.

»Und was steht darauf?« erkundigte Brucco sich ungeduldig.

»Nur Geduld«, mahnte Jason. »Der Mann ist Ingenieur und drückt sich in seiner trockenen Art recht begeistert aus. Offenbar gibt es auf Felicity reiche Erzlagerstätten, die in einem begrenzten Gebiet dicht an der Oberfläche liegen.

Sie müßten im Tagebau zu gewinnen sein, und dieser Ingenieur weist besonders auf die großen Uranvorkommen hin. Trotzdem scheint die John Company nicht die Absicht zu haben, nach Felicity zurückzukehren. Sie hat sich einmal die Finger verbrannt und kann auch auf anderen Planeten Erz abbauen, ohne befürchten zu müssen, daß Barbaren auf Drachen auftauchen, in endlosen Wellen angreifen und alles zerstören, was ihnen in den Weg kommt.«

»Was soll das heißen?« fragte Kerk.

»Keine Ahnung; so hat es der Überlebende geschildert. Die Siedlung ist offenbar von Reitern angegriffen und zerstört worden.«

»Klingt nicht sehr einladend«, murmelte Kerk. »Wir können hierbleiben und unsere Lagerstätten ausbeuten.«

»Ihr beutet sie seit Jahrhunderten aus, habt fünf Kilometer tiefe Schächte vorgetrieben und fördert nur noch zweitklassiges Erz – aber das ist nicht der wichtigste Punkt. Ich denke an die Pyrraner, die sich den neuen Umweltbedingungen bisher nicht angepaßt haben. Was soll aus ihnen werden?«

Die anderen schwiegen verbissen.

»Eine gute Frage, nicht wahr? Ich kann euch sagen, was dieser Stadt bevorsteht. Versucht aber bitte, mich nicht zu erschießen. Ihr seid inzwischen soweit, daß ihr euch beherrschen könnt. Den Leuten in der Stadt möchte ich die Wahrheit vorläufig noch nicht erzählen. Sie würden nicht hören wollen, daß sie auf diesem Planeten zum Tode verurteilt sind.«

Ein Elektromotor summte, als Metas Pistole aus dem Halfter kroch, in der Luft verharrte und wieder zurücksprang. Jason drohte ihr lächelnd mit dem Zeigefinger; sie wandte sich wortlos ab. Die anderen hatten sich besser beherrscht.

»Das ist nicht wahr«, behauptete Ker. »Täglich verlassen Leute die Stadt ...«

»Und kehren unweigerlich wieder zurück«, fuhr Jason

fort. »Wer die Stadt verlassen konnte, hat es getan; nur die Unverbesserlichen sind zurückgeblieben.«

»Es gibt andere Möglichkeiten«, warf Brucco ein. »Wir könnten eine neue Stadt bauen und ...«

Ein Erdbebenstoß erschütterte das Gebäude, das sich unter ihnen bewegte. In einer Wand erschien ein langer Riß; das dort angebrachte Fenster bestand aus Panzerglas, aber selbst dieses Glas war der Belastung nicht gewachsen. Es zersplitterte, und im gleichen Augenblick stieß ein Stechflügel durch die Öffnung in den Raum. Der Vogel wurde in der Luft zerfetzt, als vier Schüsse gleichzeitig fielen.

»Ich beobachte das Fenster«, sagte Kerk und rückte seinen Stuhl zur Seite. »Weiter, Brucco.«

»Richtig ... nun, ich wollte sagen ... wir könnten zum Beispiel eine zweite Stadt weit von hier entfernt errichten. Die Lebensformen von Pyrrus sind nur in der Nähe des Schutzwalls tödlich. Wir könnten diese Stadt aufgeben und ...«

»Und die neue Stadt würde bald ebenso belagert werden. Du kennst die hiesigen Lebensformen besser als ich, Brucco – habe ich recht?«

Jason wartete, bis Brucco widerstrebend genickt hatte.

»Wir alle wissen, daß es nur eine mögliche Lösung gibt«, fuhr Jason fort. »Diese Leute müssen Pyrrus verlassen und sich auf einem anderen Planeten ansiedeln, auf dem sie nicht ständig um ihr Leben zu kämpfen haben. Jeder Planet wäre besser als Pyrrus; ihr lebt schon solange hier, daß euch nicht mehr auffällt, wie schrecklich es hier ist. Ich habe euch gezeigt, daß die meisten Lebensformen telepathisch sind und daß euer Haß sie erst dazu bringt, euch zu bekämpfen. Das seht ihr ein, aber eure Lage bessert sich trotzdem nicht, weil es genügend Pyrraner gibt, deren Haß verhindert, daß dieser Kampf endlich aufhört. Ihr seid wirklich stur und unbelehrbar! Als vernünftiger Mensch müßte ich euch hier sitzenlassen, aber ihr habt mir einmal das Leben gerettet, und ich hoffe, daß wir eine gemeinsame Zukunft haben. Außerdem gefallen mir eure Mädchen.«

Meta warf ihm einen verächtlichen Blick zu.

»Gut, kommen wir also zur Sache. Wir haben es hier mit einem Problem zu tun. Wenn ihr auf Pyrrus bleibt, kommt ihr unweigerlich um. Es gibt nur einen Ausweg: wir müssen einen anderen Planeten finden. Bewohnbare Planeten sind selten, aber ich weiß einen. Die Eingeborenen sind nicht sehr freundlich, aber das müßte Pyrraner erst recht begeistern. Mein Raumschiff ist hierher unterwegs. Wer will mich begleiten? Kerk? Die Pyrraner sehen dich als ihren Führer an – jetzt kannst du sie führen!«

Kerk starrte Jason an. »Du beschwatzt mich immer, Dinge zu tun, die ich eigentlich nicht tun wollte.«

»Das ist nur ein Beweis geistiger Reife«, versicherte Jason ihm. »Hilfst du mir also?«

»Ja. Ich habe keine Lust, einen anderen Planeten zu besiedeln, aber ich sehe keinen besseren Ausweg.«

»Gut. Und du, Brucco? Wir brauchen einen Arzt.«

»Sucht euch einen anderen. Tecca fliegt bestimmt mit. Ich bleibe in der Stadt, solange sie existiert.«

»Das kann dich das Leben kosten.«

»Vermutlich – aber meine Aufzeichnungen sind unzerstörbar.«

Jason wußte, daß jeder Überredungsversuch zwecklos war; er wandte sich an Meta. »Wir brauchen dich als Pilotin unseres Schiffes.«

»Ich werde hier gebraucht.«

»Es gibt genügend andere Piloten. Du hast sie selbst ausgebildet. Und wenn du hierbleibst, muß ich mir eine andere Frau suchen.«

»Ich bringe sie um. Gut, ich fliege mit.«

Jason grinste zufrieden. »Damit ist alles geregelt«, stellte er fest. »Brucco bleibt, und ich vermute, daß Rhes ebenfalls bleiben will, um die Übersiedlung der Städter zu leiten.«

»Du hast falsch vermutet«, erklärte Rhes ihm. »Die

Übersiedlung klappt auch ohne mich, und ich habe keine Lust, ewig ein Hinterwäldler zu bleiben. Dieser neue Planet interessiert mich.«

»Ausgezeichnet. Nun zu den Tatsachen. Das Schiff kommt in zwei Wochen, und wir müssen möglichst alles vorbereitet haben, damit wir gleich starten können. Ich fordere die Bevölkerung auf, sich freiwillig zu melden. In der Stadt leben noch etwas zwanzigtausend Menschen, aber wir können nicht mehr als zweitausend mitnehmen – das Schiff ist ein ehemaliger Truppentransporter namens Pugnacious –, und wir müssen uns die besten Leute aussuchen. Sobald die Siedlung gegründet ist, holen wir nach und nach die anderen ab.«

Jason war verblüfft, aber Kerk schien mit diesem Ergebnis gerechnet zu haben.

»Hundertsechsundachtzig Freiwillige – darunter Grif, ein Neunjähriger – von zwanzigtausend? Unmöglich!«

»Auf Pyrrus ist alles möglich«, sagte Kerk.

»Ja, nur auf Pyrrus«, stimmte Jason zu. Er ging langsam auf und ab, weil ihn die hohe Schwerkraft behinderte, und schlug mit der Faust in die offene Handfläche. »Dieser Planet und seine Bewohner haben wirklich den ersten Preis verdient, wenn es um Sturheit geht. ›Ich hier geboren. Ich hier bleiben. Ich hier sterben!‹« Er ließ sich in einen Sessel fallen.

»Gut, dann retten wir sie eben auch gegen ihren Willen«, fuhr er entschlossen fort. »Wir fliegen mit den hundertsechsundachtzig Freiwilligen nach Felicity, erobern den Planeten und beginnen den Erzabbau – und holen die Zurückgebliebenen zu uns. Das tun wir!«

Er sank im Sessel zusammen und sah nicht auf, als Kerk hinausging.

»Hoffentlich ...«, murmelte er vor sich hin.

3

An der Schleuse klirrte es gedämpft, während die Mechaniker der Transferstation die bewegliche Verbindung zwischen Station und Raumschiff herstellten. Die Bordsprechanlage begann zu summen.

»Pugnacious hier Transferstation 70 Ophiuchi. Verbindung hergestellt und unter Druck. Sie können jetzt Ihre Schleuse öffnen.«

»Wird gemacht«, antwortete Jason und betätigte den Schalter, der die elektronische Sperre außer Betrieb setzte, so daß beide Schleusentüren gleichzeitig geöffnet werden konnten.

»Endlich wieder festen Boden unter den Füßen!« sagte einer der Techniker der Fähre, als er die Schleuse betrat, und seine Kameraden lachten, als habe er einen guten Witz gemacht. Nur einer lachte nicht – der Pilot, der den rechten Arm in Gips trug. Niemand erwähnte den Gipsverband, aber der Pilot wußte, warum die anderen lachten.

Der Pilot tat Jason nicht leid. Meta warnte alle Männer, die ihr zu nahe traten. Offenbar hatte er ihre Warnung nicht ernst genommen. Deshalb hatte sie ihm wirklich den Arm brechen müssen. Pech gehabt, dachte Jason und verzog keine Miene, als der andere an ihm vorbeiging und in der Station verschwand.

»Wir haben hier ein Frachtstück für die Pugnacious«, verkündete ein Angestellter, der aus dem Verbindungsschlauch schwebte. »Wollen Sie dafür quittieren?«

Jason unterschrieb die Quittung und trat zur Seite, als zwei Männer die große Kiste durch die Schleuse bugsierten. Als Meta herankam, versuchte er eben eine Brechstange unter die Eisenbänder zu schieben.

»Was hast du da?« erkundigte sie sich, nahm ihm die Brechstange aus der Hand und sprengte das erste Band mit einem kurzen Ruck.

»Nicht übel«, lobte Jason sie, »aber ich wette, daß die

beiden anderen schwerer sind.« Meta machte sich an die Arbeit. »Die Kiste enthält ein Werkzeug, das wir unbedingt brauchen. Ich wollte, ich hätte es damals besessen, als ich auf Pyrrus gelandet bin …«

Meta öffnete den Deckel und starrte das metergroße eiförmige Ding auf Rädern an. »Was ist das – eine Bombe?«

»Nein! Es ist viel wichtiger.« Jason ließ den Gegenstand aus der Kiste rollen.

Sie hatten einen glatten, metallglänzenden Körper vor sich. Das Ding war mit dem breiten Ende nach unten auf sechs Rädern montiert und wies an der Spitze ein Kontrollpult mit Knöpfen und einem Lautsprecher auf. Als Jason den Schalter EIN betätigte, leuchteten Lämpchen auf.

»Was bist du?« fragte er.

»Ich bin eine Bibliothek«, antwortete eine metallische Stimme.

»Was sollen wir damit?« fragte Meta und wandte sich schulterzuckend ab.

»Das kann ich dir gleich erzählen.« Jason hielt sie auf, obwohl er damit rechnen mußte, daß sie gewalttätig werden würde. »In diesem Ding steckt alles, was wir wissen müssen. Erinnerst du dich noch an unsere Suche nach Berichten über die Geschichte deines Planeten? Wir brauchten Tatsachen und hatten keine aber jetzt haben wir sie zur Verfügung.«

»In welcher Beziehung soll dein Spielzeug uns helfen können?«

»Dieses kleine Spielzeug hat neunhundertzweiundachtzigtausend Credits und die Fracht gekostet.«

Meta starrte ihn an. »Dafür kann man eine ganze Armee bewaffnen …«

»Ich habe mir gleich gedacht, daß dich das beeindrucken würde. Aber vielleicht begreifst du endlich, daß es Probleme gibt, die nicht mit Waffengewalt zu lösen sind. Wir landen bald auf einem neuen Planeten und wollen an der richtigen Stelle nach Erz suchen. Dazu brauchen wir keine Waffen, sondern vor allem Informationen über Mineralogie, Anthropologie, Ökologie und Exobiologie, um nur einige Gebiete zu nennen ...«

»Diese Wörter hast du dir selbst ausgedacht.«

»Das würde dir so passen! Du machst dir wahrscheinlich keine richtige Vorstellung von dem Wissensumfang, der in dieser Bibliothek gespeichert ist.« Jason wandte sich an die Maschine. »Bibliothek, erzähl uns von dir.«

»Eine Darstellung für den Fachmann oder für den Laien?« fragte die Maschine.

»Lieber die einfachere.«

»Nun, Freunde, Sie sehen hier das verbesserte Modell 427-1587 vor sich, das alle bisher gebauten Maschinen dieser Art bei weitem übertrifft. Mein Informationsspeicher enthält die gesamte Bibliothek der University of Haribay, die mehr Bücher besitzt, als ein Mensch in seinem Leben zählen könnte. Trotzdem ist mein Informationsspeicher nicht größer als eine Männerfaust, denn jeweils zehn Quadratmillimeter haben eine Kapazität von 545 Millionen Bits. Man braucht nicht einmal zu wissen, was ein Bit ist, um zu erkennen, wie eindrucksvoll diese Zahl ist. Dort sind Geschichte, Philosophie, Naturwissenschaften und Linguistik gespeichert. Interessieren Sie sich zum Beispiel für das Wort ›Käse‹ in sämtlichen galaktischen Sprachen nach der Zahl ihrer Benutzer, heißt es ...«

Jason drehte sich nach Meta um – und stellte fest, daß sie verschwunden war. »Das Ding kann mehr, als nur ›Käse‹ übersetzen«, murmelte er vor sich hin und drückte auf den Knopf AUS. »Wartet nur ab!«

Einen Tag vor dem Übertritt aus dem Hyperraum in das System, zu dem Felicity gehörte, berief Jason eine Versammlung ein.

»Wir sind hierher unterwegs«, begann er und wies auf eine Karte an der Wand. Die Pyrraner hörten gespannt zu, wie sie es von militärischen Einsatzbesprechungen her gewöhnt waren.

»Der Planet heißt ›Felicity‹ und ist der fünfte Planet eines namenlosen Sterns der Klasse F1; dieser Stern ist heller als die Sonne von Pyrrus und strahlt mehr Ultraviolett aus. Neun Zehntel des Planeten sind mit Wasser bedeckt. Von einigen vulkanischen Inseln abgesehen, gibt es nur eine Landmasse, die als Kontinent bezeichnet werden kann. Hier. Ihr seht selbst, daß der Kontinent einem Dolch gleicht, dessen Spitze nach unten zeigt, während der Handschutz etwa hier in der Mitte angebracht zu sein scheint. Diese Linie ist jedoch in Wirklichkeit eine gigantische Felsklippe, die den Kontinent von einer Seite zur anderen durchschneidet – eine ununterbrochene, drei bis zehn Kilometer hohe Felswand.

Die Felswand und die Berge dahinter beeinflussen das kontinentale Wetter. Feuchtwarme Luft strömt vom Äquator heran, steigt an der Klippe hoch, kann das Hindernis nicht überwinden und kondensiert sich als Regen. Die Leute der John Company haben sich nicht für das Land im Süden interessiert, obwohl es dort Wasser, Siedlungen und Landwirtschaft zu geben scheint. Die Magnetometer haben dort nicht ausgeschlagen – aber hier oben am Griff des Dolchs sind sie verrückt geworden.

Unser Bergwerk muß dort inmitten der trostlosesten Landschaft errichtet werden, die man sich vorstellen kann. Es gibt kaum Wasser, und die wenigen Niederschläge fallen meist als Schnee auf dieser Hochebene, die praktisch keine Jahreszeiten kennt, weil die Achse von Felicity fast senkrecht steht. Zu dieser Umgebung kommt noch, daß die Bewohner der Hochebene gefährlicher als alle Lebensformen auf Pyrrus sind. Wir müssen uns in ihrer Mitte niederlassen, eine Siedlung gründen und das Bergwerk errichten. Hat jemand einen Vorschlag zu machen, wie dieser Plan sich am besten durchführen ließe?«

»Ich weiß etwas«, behauptete Clon und erhob sich langsam. Er war ein Riese mit niedriger Stirn, dichten Augenbrauen und gewaltigem Unterkiefer. Seine Reflexe waren ausgezeichnet, aber jeder Gedanke, der durch diesen harten Schädel dringen mußte, kam nur langsam zum Vorschein.

»Ich weiß etwas«, wiederholte Clon. »Wir bringen sie alle um. Dann stören sie uns nicht mehr.«

»Vielen Dank für den Vorschlag«, antwortete Jason ruhig. »Dein Stuhl steht hinter dir, so ist's recht. Dein Vorschlag mag attraktiv sein, aber wir wollen keinen Völkermord, denn wir versuchen diesen Planeten zu öffnen, nicht für immer zu schließen. Wir müssen dieses Problem mit dem Kopf, nicht mit den Fäusten lösen.

Ich schlage vor, daß wir ein offenes Lager in der Nähe der ersten Siedlung errichten, mit den Eingeborenen Verbindung aufnehmen und herausbekommen, was sie gegen Fremde haben. Wer eine bessere Idee hat, soll sich jetzt melden. Niemand? Gut, dann landen wir dort und warten auf den ersten Kontakt. Wir wissen, wie es der ersten Expedition ergangen ist, deshalb nehmen wir uns sehr in acht, damit es uns nicht ähnlich geht.«

Der ursprüngliche Landeplatz war leicht zu finden, denn die spärliche Vegetation reichte nicht aus, um die versengte kreisrunde Fläche innerhalb eines Jahres zu bedecken. Die zurückgelassenen schweren Maschinen ließen das Magnetometer ausschlagen, und die Pugnacious sank an dieser Stelle zu Boden. Die Steppe wirkte völlig unbelebt, als Jason neben Rhes und Kerk aus der Schleuse trat.

»Kaum Schwerkraft«, stellte Kerk fest, während er sich langsam umsah. »Bestimmt nicht mehr als ein g. Nach Pyrrus komme ich mir federleicht vor.«

»Ich schätze, daß wir eineinhalb g haben«, warf Jason ein. »Aber das ist schon wesentlich besser als zwei g.«

Die erste Gruppe, insgesamt zehn Männer, verließ das Schiff und begann die nähere Umgebung zu untersuchen. Die Männer blieben so nahe beieinander, daß sie sich mühelos verständigen konnten, aber sie waren trotzdem so weit voneinander entfernt, daß sie sich nicht behinderten oder die Sicht nahmen. Sie bewegten sich langsam und achteten nicht auf den eisigen Wind, der Sandkörner vor sich hertrieb und Jasons Gesichtshaut rötete.

»Zweihundert Meter südöstlich bewegt sich etwas«, sagte Metas Stimme in ihren Kopfhörern. Meta gehörte zu den Beobachtern, die an Bord zurückgeblieben waren.

Sie drehten sich danach um und waren auf alles vorbereitet. Die Ebene wirkte so leblos wie zuvor, aber plötzlich zischte ein Pfeil durch die Luft auf Kerk zu. Seine Pistole lag schußbereit in seiner Hand, und er schoß den Pfeil so gelassen aus der Luft, wie er einen angreifenden Stechflügel erledigt hätte. Dann warteten sie alle gespannt.

Ein Angriff, überlegte Jason sich, oder nur ein Ablenkungsversuch? Wer sollte sie so bald nach der Landung angreifen? Aber warum nicht?

Er wollte sich mit der Pistole in der Hand umdrehen, als er einen Schlag auf den Kopf bekam. Er spürte nicht mehr, daß er zusammensackte, sondern glaubte in eine endlose Dunkelheit zu fallen.

4

Jason war nur noch halb bewußtlos. Sein Kopf dröhnte heftig, und er sah rote Schleier vor den Augen; dabei hatte er das Gefühl, nur ganz aufwachen zu müssen, um alles in Ordnung bringen zu können. Aus irgendeinem unverständlichen Grund schwankte sein Kopf heftig, und er wünschte sich, diese Bewegung würde endlich aufhören.

Nach einiger Zeit wurde ihm klar, daß er diese Sekunden, in denen er Schmerz empfand, nach Möglichkeit ausnützen mußte, weil er nur dann halbwegs bei Bewußtsein war. Seine Arme waren irgendwie gefesselt – das spürte er, ohne sie zu sehen –, aber er konnte sie etwas bewegen. Der automatische Halfter war noch da, aber die Pistole sprang nicht in seine Hand. Jason erkannte den Grund dafür, als seine Finger das abgerissene Kabel berührten, das Halfter und Waffe miteinander verband.

Er versuchte zu überlegen. Ihm war etwas zugestoßen. Jemand hatte ihn niedergeschlagen und ihm die Pistole fortgenommen. Was noch? Warum konnte er nichts sehen? Er sah nur rote Schleier, wenn er die Augen öffnete. Was war noch verschwunden? Bestimmt sein Gürtel mit den übrigen Ausrüstungsgegenständen. Seine Finger griffen ins Leere.

Dann berührten sie etwas. Der Medikasten war in seiner Halterung an der Hüfte zurückgeblieben. Jason drückte mit dem Handrücken dagegen, bis seine Haut die Sonde berührte. Der Analysator summte, und Jason spürte nicht einmal, daß ein halbes Dutzend Injektionsnadeln in die Haut eindrangen. Dann begannen die Mittel zu wirken, und der Schmerz ließ nach. Nun konnte er endlich einigermaßen klar denken und sich auf seine Augen konzentrieren. Sie ließen sich nicht öffnen; irgend etwas hielt sie geschlossen. Das konnte Blut oder etwas anderes sein. Wahrscheinlich Blut, wenn man die Art der Verwundung berücksichtigte.

Jason konzentrierte sich auf das rechte Auge, kniff es zu, bis das Lid schmerzte, und versuchte es dann ruckartig zu öffnen. Beim zweitenmal hatte er Erfolg und starrte genau in die weiße Sonne, als er langsam das Auge öffnete. Er blinzelte und sah, daß die Sonne den Horizont berührte. Das konnte später wichtig sein; er mußte sich merken, daß die Sonne genau hinter ihm oder etwas rechts davon den Horizont berührte.

Rechts. Sonnenuntergang. Etwas weiter rechts. Die Drogen des Medikastens und der traumatische Schock bewirkten, daß Jason allmählich wieder das Bewußtsein verlor.

Als der letzte weiße Schimmer am Horizont verschwunden war, schloß Jason das schmerzende Auge und fiel dankbar in Ohnmacht.

»…………!« brüllte eine Stimme in einem unverständlichen Dialekt. Der stechende Schmerz in der Seite machte wesentlich mehr Eindruck, und Jason wich ihm aus, während er aufzustehen versuchte. Etwas Hartes traf seinen Rücken, und er fiel auf Hände und Füße zurück; er brachte es tatsächlich fertig und stellte fest, daß die Mühe sich nicht gelohnt hatte.

Die Stimme gehörte einem kräftig gebauten Mann, der eine zwei Meter lange Lanze in der Faust hielt, mit deren Spitze er Jason gekitzelt hatte. Als er merkte, daß Jason die Augen öffnete und sich aufsetzte, zog er die Lanze zurück, lehnte sich darauf und betrachtete seinen Gefangenen. Jason war sich über seine Position im klaren, als er merkte, daß er in einem glockenförmigen niedrigen Käfig hockte. Er lehnte sich gegen die Gitterstäbe und studierte den Mann.

Er hatte einen Krieger vor sich, das war auf den ersten Blick klar; der Mann war arrogant und selbstsicher von dem Tierschädel auf seinem Helm bis zu den nadelspitzen Sporen an seinen kniehohen Stiefeln. Sein Brustharnisch, der aus dem gleichen Material wie der Helm bestand, war mit häßlichen Darstellungen geschmückt, in deren Mittelpunkt ein Jason unbekanntes Tier stand. Der Krieger trug außer der Lanze ein kurzes Schwert ohne Scheide am Gürtel. Seine fettglänzende Haut war von Wind und Sonne gegerbt, und Jason roch deutlich, daß der andere sich nur selten oder nie wusch.

»…………!« brüllte der Krieger und schüttelte die Lanze.

»Das ist doch keine Sprache!« antwortete Jason ebenso laut.

»…………!« rief der Mann diesmal mit schriller Stimme.

»Und das ist nicht viel besser.«

Der Krieger räusperte sich und spuckte vor Jason aus. »Hör zu, Bowab«, sagte er, »sprichst du wenigstens die Zwischensprache?«

»Schon besser«, meinte Jason zufrieden. »Eine Abart des Englischen. Wahrscheinlich als zweite Sprache geläufig. Vielleicht erfahren wir nie, wer diesen Planeten ursprünglich besiedelt hat – aber es müssen englischsprechende Siedler gewesen sein. Im Laufe der Zeit sind hier örtlich verschiedene Dialekte entstanden, aber die Eingeborenen haben sich die Erinnerung an eine gemeinsame Ursprache bewahrt. Man muß sich nur einfach genug ausdrücken, um verstanden zu werden.«

»Was sagst du?« knurrte der Mann und schüttelte den Kopf.

Jason deutete auf sich und antwortete: »Klar, ich spreche die Zwischensprache so gut wie du.«

Das schien den Krieger zufriedenzustellen, denn er wandte sich ab und verschwand in der Menge. Nun hatte Jason Gelegenheit, die Vorübergehenden zu studieren, die er bisher nur undeutlich wahrgenommen hatte. Er sah nur Krieger, die alle ähnlich bewaffnet und ausgerüstet waren; manche trugen jedoch keine Lanze, sondern dafür einen kurzen Bogen. Auf allen Seiten standen halbkugelige Zelte, die sich kaum von ihrer Umgebung abhoben, weil sie gelbgrün wie das spärliche Gras gefärbt waren. Als die Männer vor einem Reiter auswichen, erkannte Jason eines der Tiere, von denen die Überlebenden des Massakers gesprochen hatten.

Es erinnerte in vieler Beziehung an ein Pferd, war jedoch doppelt so groß und mit zottigem Fell bedeckt. Der Pferdekopf war im Verhältnis zum übrigen Körper winzig und saß auf einem langen Hals; die Vorderbeine waren deutlich länger, so daß der Rücken stark abfiel, bis er in einem winzigen Schwanz auslief. Der Reiter saß auf einem Höcker zwischen Hals und Schultergelenk.

Dann ertönte ein Horn, und als Jason sich umdrehte, sah er zwei Männer inmitten einer Gruppe von Leibwächtern auf seinen Käfig zugehen. Drei Soldaten mit gesenkten Lanzen bahnten ihnen einen Weg durch die Menge. Unmittelbar hinter ihnen folgte ein Krieger, der eine Art Standarte trug. Weitere Krieger mit gezückten Schwertern bewachten die beiden Männer. Jason erkannte den Mann mit der Lanze, der ihn so rauh geweckt hatte. Der andere war einen Kopf größer, trug einen goldenen Helm und einen juwelenbesetzten Brustharnisch aus dem gleichen Material.

Aber er besaß noch mehr, erkannte Jason, als der Mann seinen Käfig erreichte. Er war ein geborener Führer, und er wußte es auch. Seine rechte Hand ruhte auf dem Knauf des Schwerts an seinem Gürtel, während er sich den rötlichen Schnurrbart mit der narbenbedeckten Linken strich. Er blieb dicht vor dem Käfig stehen und starrte Jason forschend an, der seinen Blick vergeblich ebenso durchdringend zu erwidern versuchte.

»Mach deinen Kniefall vor Temuchin«, befahl einer der Soldaten Jason und stieß ihm das stumpfe Ende seiner Lanze in den Magen.

Jason krümmte sich zusammen, behielt jedoch den Kopf oben und starrte den Mann an.

»Woher kommst du?« fragte Temuchin, und seine Stimme klang so befehlsgewohnt, daß Jason unwillkürlich antwortete.

»Aus weiter Ferne, von einem Ort, den du nicht kennst.«

»Von einer anderen Welt?«

»Ja. Weißt du von anderen Welten?«

»Nur aus den Gesängen der Jongleure. Bis das erste Schiff kam, habe ich sie für Märchen gehalten. Aber sie sind wahr.«

Er streckte die Hand aus, und einer seiner Männer reichte ihm ein verbogenes und geschwärztes Lasergewehr. »Kannst du das wieder Feuer spucken lassen?« wollte Temuchin wissen.

»Nein.« Das mußte eine Waffe der ersten Expedition gewesen sein.

»Wie steht es damit?« Temuchin hielt diesmal Jasons Pistole hoch.

»Ich weiß es nicht«, antwortete Jason mühsam beherrscht. »Ich muß es erst aus der Nähe sehen.«

»Verbrennt es«, befahl Temuchin und ließ die Waffe fallen. »Weshalb seid ihr hier, was wollt ihr hier, Fremder?«

»Meine Leute wollen Metalle aus der Erde holen«, antwortete Jason laut. »Wir schaden niemand, wir bezahlen sogar dafür und ...«

»Nein«, sagte Temuchin nur und wandte sich ab.

»Warte, du hast noch nicht alles gehört.«

»Das genügt«, erklärte Temuchin ihm. »Wenn ihr grabt, entsteht dort eine Stadt mit Gebäuden und Zäunen. Die Ebene ist immer frei gewesen.« Dann fügte er im gleichen Tonfall hinzu:

»Tötet ihn.«

Als die Leibwache Temuchin folgte, kam der Standartenträger am Käfig vorbei. Jason sah einen menschlichen Schädel auf der Lanze stecken; das Banner selbst bestand aus Hunderten von menschlichen Daumen, die getrocknet und aneinandergeknotet worden waren.

»Warte!« rief Jason hinter Temuchin her. »Ich kann dir alles erklären! Wir ...«

Aber der Herrscher ließ sich nicht aufhalten. Eine Gruppe Soldaten umringte den Käfig, und einer der Krieger löste den Verschluß, so daß der Käfig sich zurückklappen ließ. Jason kauerte sich zusammen, sprang über die ersten Männer hinweg, die sich bückten, um nach ihm zu greifen, und prallte schwer mit einem anderen Krieger zusammen. Der Ausgang des Kampfes war gewiß, aber Jason grinste zufrieden, als er umringt und fortgeführt wurde. Ein Soldat lag bewußtlos vor dem Käfig, ein anderer hockte in seiner Nähe und hielt sich den Kopf mit beiden Händen.

»Wie lange bist du hierher unterwegs gewesen?« fragte eine Stimme neben ihm.

»Ekmortu!« murmelte Jason und spuckte aus.

»Wie ist das Klima auf deinem Heimatplaneten? Heißer oder kälter?«

Jason, der mit dem Gesicht nach unten getragen wurde, drehte den Kopf nach links und erkannte, daß der Fragesteller ein alter Mann war, dessen zerrissene Lederkleidung früher einmal grün und gelb gefärbt gewesen war. Hinter ihm stolperte ein verschlafen aussehender Jüngling her, der ähnlich gekleidet war.

»Du weißt so viel«, flehte der Alte. »Du mußt mir etwas erzählen.«

Die Krieger stießen die beiden fort, bevor Jason ihnen einige Flüche an den Kopf werfen konnte, die er ebenfalls wußte. Jason konnte sich nicht dagegen wehren, als die Männer ihn zu einem Eisenpfahl schleppten, der auf einem freien Platz stand. Dort versuchten sie, ihm die Jacke über den Kopf zu zerren, die ihren plumpen Fingern Widerstand leistete, bis einer der Krieger seinen Dolch zog und das Metallgewebe damit zersägte, ohne darauf zu achten, daß er auch Jasons Haut zerschnitt. Als die Soldaten ihm endlich die Jacke vom Leib gerissen hatte, blutete er aus einem Dutzend Wunden und war kaum noch bei Bewußtsein. Er wurde zu Boden gestoßen und mit einem Lederseil gefesselt, das an dem Pfahl befestigt war.

Die Außentemperatur betrug kaum null Grad, obwohl die Sonne noch hoch am Himmel stand. Als Jasons Oberkörper nicht mehr von der Isolierkleidung bedeckt war, brachte ihn der eisige Wind sofort wieder zu Bewußtsein.

Die weitere Entwicklung war klar abzusehen. Jasons Handgelenke waren mit einem etwa drei Meter langen Seil an den Pfahl gefesselt. Er stand allein im Mittelpunkt einer Art Arena. Überall waren Krieger zu sehen, die eifrig ihre Reittiere sattelten. Der erste Mann stieß einen schrillen Schrei aus, legte seine Lanze ein und griff Jason an. Sein Tier raste erschreckend schnell auf den Pfahl zu.

Jason reagierte automatisch; er zog sich auf die andere Seite des Pfahls zurück. Der Angreifer stach nach ihm, traf jedoch nur Eisen.

Jason verdankte es nur einer instinktiven Reaktion, daß

er mit dem Leben davonkam, denn der zweite Reiter griff von hinten an. Jason nahm wieder rechtzeitig hinter dem Pfahl Deckung. Aber der erste Mann wendete bereits, und Jason sah, daß eben ein weiterer Reiter in den Sattel stieg. Diese Zielübungen konnten nur ein Ende nehmen: Jason war jedenfalls nicht imstande, jedem Angriff auszuweichen.

»Dann müssen die Aussichten eben besser werden«, murmelte er vor sich hin und bückte sich. Das Messer steckte noch in seinem rechten Stiefel.

Als der dritte Mann angriff, hielt Jason sein Messer zwischen den Zähnen und sägte das Lederseil mit der scharfen Klinge durch. Dann kauerte er hinter dem Pfahl, um der Lanze zu entgehen. Der Angreifer galoppierte weiter, und Jason ging selbst zum Angriff über.

Er hielt den Reiter am Stiefel fest und versuchte ihn aus dem Sattel zu reißen. Das Tier bewegte sich jedoch zu schnell, und Jason mußte sich an seinem Pelz festklammern. Als der Reiter sich im Sattel umdrehte und nach ihm stechen wollte, holte Jason aus und bohrte sein Messer in den Rücken des Reittiers. Offenbar hatte er eine empfindliche Stelle getroffen, denn das große Tier bäumte sich auf und schoß davon.

Der Reiter wurde abgeworfen und verschwand; Jason hielt sich mit letzter Kraft fest und brachte es fertig, die beiden ersten großen Sätze zu überstehen. Beim dritten Sprung wurde er jedoch ebenfalls abgeworfen, flog mit dem Kopf voraus durch die Luft und landete mit einer Schulterrolle zwischen zwei Zelten. Er richtete sich auf, sah keine Verfolger und rannte weiter.

Die halbkugelförmigen Zelte bildeten hier eine weite Gasse, und Jason bog bei nächster Gelegenheit nach rechts ab, als er an Speerspitzen zwischen den Schulterblättern dachte. Wütende Schreie hinter ihm zeigten, daß seine Verfolger nicht viel von seiner Flucht hielten. Bisher hatte er seinen Vorsprung halten können, aber er fragte sich, wie lange ihm das noch glücken würde.

Eines der Zelte vor ihm wurde geöffnet, und ein grauhaariger Mann warf einen Blick ins Freie – der gleiche Mann, der Jason zuvor Fragen gestellt hatte. Er schien sofort zu erfassen, was sich ereignete, und winkte Jason zu sich heran.

Nun war ein rascher Entschluß fällig. Jason sah sich um, erkannte keine Verfolger hinter sich und schlüpfte ins Zelt. Dann fiel ihm auf, daß er noch immer das Messer in der Hand trug. Er setzte es dem Alten auf die Brust.

»Keinen Laut, sonst bist du tot!« zischte er.

»Warum sollte ich dich verraten?« fragte der andere. »Ich habe dich selbst hereingeholt. Ich riskiere alles, um mehr zu lernen. Zurück, damit ich den Eingang verschließen kann!«

Jason sah sich rasch in dem dunklen Zelt um und erkannte den schläfrigen jungen Mann wieder, der vor einem kleinen Feuer hockte. Über dem Feuer hing ein Topf, in dem eine runzlige Alte herumrührte. Die beiden schienen gar nicht gemerkt zu haben, was sich am Eingang abspielte.

»Zurück!« drängte der Mann und stieß Jason von sich fort. »Sie sind bald hier. Aber sie dürfen dich nicht finden.«

Draußen ertönten jetzt Schreie, und Jason hielt den Plan des Alten für vernünftig. Er ließ sich möglichst weit vom Eingang entfernt nieder und erhob keine Einwände, als der Alte ihm einige Felle umhängte, ihm eine Pelzkappe aufsetzte, deren herabhängender Schirm sein Gesicht halb verdeckte, und ihm eine übelriechende Tonpfeife zwischen die Zähne schob. Weder die alte Frau noch der junge Mann achteten auf ihn.

Die beiden sahen nicht einmal auf, als ein Krieger das Zelt öffnete und den Kopf ins Innere steckte. Der Eindringling sah sich um und brüllte eine Frage. Der Alte mit dem grauen Bart grunzte verneinend – und das war alles. Der Krieger verschwand, und die Alte watschelte zum Eingang, um ihn wieder zu verschließen.

Jason dinAlt hatte im Laufe seines Lebens gelernt, nie auf

selbstlose Wohltätigkeit zu vertrauen. Deshalb hielt er das Messer noch immer stoßbereit. »Warum hast du mir geholfen?« erkundigte er sich mißtrauisch.

»Ein Jongleur riskiert alles, um zu lernen«, antwortete Graubart und ließ sich am Feuer nieder. »Ich stehe über den kleinlichen Zwistigkeiten der Stämme. Ich heiße Oraiel, und du nennst am besten gleich deinen Namen.«

»Riverboat Sam«, erwiderte Jason und legte das Messer lange genug fort, um das Oberteil seines Anzugs hochzuziehen und seine Arme in die Ärmel zu stecken. Er log instinktiv, obwohl keine Bedrohung sichtbar war. Die Alte rührte in ihrem Kessel; der junge Mann hockte hinter Oraiel.

»Von welcher Welt kommst du?«

»Himmel.«

»Gibt es viele bewohnte Welten?«

»Mindestens dreißigtausend, obwohl niemand die genaue Zahl angeben kann.«

»Wie sieht es auf deiner Welt aus?«

Jason runzelte die Stirn. Ihm war eingefallen, daß er noch weit davon entfernt war, mit heiler Haut aus dieser Falle zu entkommen.

»Wie sieht es auf deiner Welt aus, Alter?« erkundigte er sich deshalb. »Ich tausche Informationen gegen Informationen.«

Oraiel warf ihm einen forschenden Blick zu und nickte langsam. »Einverstanden. Ich beantworte gern deine Fragen, wenn du meine beantwortest.«

»Gut, aber du beantwortest zuerst meine, weil ich mehr zu verlieren habe, falls wir unterbrochen werden. Bevor wir unser Frage-und-Antwort-Spiel beginnen, muß ich zunächst Inventur machen. Dazu war ich bisher zu beschäftigt.«

Jason stellte fest, daß die Krieger gute Arbeit geleistet hatten. Nur sein Medikasten war ihnen entgangen, als sie ihn durchsuchten; offenbar hatte er darauf gelegen. Und das Funkgerät! In der Dunkelheit hatten sie den flachen Behälter unter seiner Achsel übersehen. Das Funkgerät besaß keine große Reichweite, aber vielleicht konnte er trotzdem mit der Pugnacious in Verbindung treten und Hilfe …

Er holte es aus der Tasche und starrte trübselig das zertrümmerte Gehäuse an, in dem es hörbar klapperte. Irgendwann mußte ihn genau an dieser Stelle ein Schlag getroffen haben. Er schaltete das Gerät ein – nichts, nicht einmal ein Rauschen.

Die Tatsache, daß sein Chronometer, das an der Innenseite des Gürtels befestigt war, die genaue Zeit anzeigte, tröstete ihn wenig. Es war zehn Uhr morgens. Das Chronometer war nach der Landung auf den 20-Stunden-Tag von Felicity umgestellt worden.

Jason machte es sich am Feuer gemütlich und deckte sich mit Fellen zu. »Schön, jetzt können wir anfangen, Oraiel. Wer ist der Boss hier, der meine Hinrichtung befohlen hat?«

»Er ist Temuchin der Krieger, der Furchtlose, der Stählerne Arm, der Zerstörer, der …«

»Schon verstanden. Er gibt hier also den Ton an. Was hat er gegen Fremde – und Gebäude?«

»Das erklärt das ›Lied der Freien‹ am besten«, antwortete Oraiel und gab seinem Lehrling einen Stoß. Der junge Mann grunzte, raffte sich auf und brachte eine Art Laute mit zwei Saiten zum Vorschein, auf der er sich selbst begleitete, während er mit hoher Stimme sang:

Frei wie der Wind,
Frei wie die Ebene, auf der wir wandern;
Ohne ein Heim,
Nur in Zelten. Unsere Freunde,
Die Moropen,
Die uns in den Kampf tragen,
Zerstören die Gebäude
Die anderen, die uns festhalten würden …

So ging es endlos weiter, bis Jason einzunicken drohte. Er unterbrach schließlich den jungen Mann und stellte Oraiel einige Fragen. Allmählich erfuhr er, wie die Menschen auf dieser Hochebene lebten.

Von den Meeren in Ost und West und von der Großen Klippe im Süden bis zu den Bergen im Norden gab es keine einzige ständige Ansiedlung von Menschen. Die Nomadenstämme wanderten frei und ziellos über die Ebene, befehdeten einander und verbündeten sich gelegentlich gegen gemeinsame Feinde.

Früher hatte es hier Städte gegeben, denn aus dieser Zeit stammte der Haß der Nomaden gegen alles, was an feste Plätze erinnerte. Auf dieser Hochebene gab es nur Raum für seßhafte oder Nomaden, und die Nomaden waren in erbitterten Kämpfen Sieger geblieben. Sie hatten so gründliche Arbeit geleistet, daß keine Spur ihrer Feinde zurückgeblieben war.

Die Barbaren zogen in Stämmen und Clans über die Ebene, blieben, wo es ihnen gefiel, und zogen weiter, wenn ihr Vieh keine Nahrung mehr fand. Die Jongleure, die als einzige überall willkommen waren, schlossen sich einzelnen Stämmen an und waren Sänger, Alleinunterhalter, Hofnarren und Nachrichtenübermittler zugleich. In diesem Klima gediehen keine Bäume mehr, so daß Werkzeuge und andere Gegenstände aus Holz unbekannt waren. Im Norden wurden Kohle und Eisenerz abgebaut, die zur Stahlgewinnung dienten. Gekocht wurde über getrocknetem Dung; Tierfett füllte die Lampen. Das Leben war meistens häßlich und kurz.

Jeder Stamm besaß traditionelle Weidegründe, deren Grenzen jedoch nie genau festgelegt worden waren, so daß es ihretwegen ständig Kämpfe gab. Die halbkugelförmigen Zelte, die Camachs, bestanden aus zusammengenähten Fellen, die über Eisenstangen gezogen wurden. Wenn der Stamm sein Lager abbrach, wurden die Camachs und andere Haushaltsgegenstände auf niedrige

Wagen, Escungs, verladen, die von Moropen gezogen wurden. Die Moropen waren im Gegensatz zu Rindern und Ziegen einheimische Pflanzenfresser; sie konnten bis zu zwanzig Tage ohne Wasser auskommen, ertrugen die Kälte auf der Hochebene gut und dienten ihren Besitzern als Zug- und Reittiere.

Mehr gab es eigentlich nicht zu erzählen. Die Stämme wanderten und kämpften, jeder sprach seinen eigenen Dialekt und gebrauchte die Zwischensprache nur, wenn eine Unterhaltung mit Fremden unumgänglich war. Die Stämme verbündeten sich und brachen ihre Bündnisse wieder, wenn sie sich davon Vorteile versprachen. Ihr Lebenswerk war der Krieg, den sie in jeder Phase beherrschten.

Als Jason vorläufig zufriedengestellt war, begann Oraiel seine Fragen zu stellen. Der Jongleur und sein Lehrling hörten aufmerksam zu. Jason bemühte sich, ihre Fragen ausführlich zu beantworten; gleichzeitig überlegte er jedoch, wie er am besten fliehen und zum Schiff zurückkehren konnte. Es war bereits später Nachmittag, als Oraiel ihm endlich Gelegenheit zu einigen Zwischenfragen gab.

»Wie viele Männer gibt es hier im Lager?« wollte Jason wissen.

Der Jongleur nahm einen Schluck Achadh, gegorene Morope-Milch, und breitete die Arme aus. »Ihre Zahl verdunkelt die Ebene, und ihr Anblick erzeugt Angst und ...«

»Ich will nicht die Stammesgeschichte, sondern eine runde Zahl hören«, warf Jason ein.

»Das wissen nur die Götter. Vielleicht sind es hundert, vielleicht sind es eine Million.«

»Wieviel ist zwanzig und zwanzig?« fragte Jason.

»Ich gebe mich nicht mit solchen Kleinigkeiten ab.«

»Das hätte ich mir denken können«, murmelte Jason vor sich hin. Er ging zum Zelteingang und sah durch einen Spalt hinaus. Ein eisiger Luftzug trieb ihm das Wasser in die Augen. Wolkenfetzen zogen über den Himmel, und die Schatten wurden bereits merklich länger.

»Trink«, forderte Oraiel ihn auf und streckte ihm die Lederflasche Achadh entgegen. »Du bist mein Gast und mußt trinken.«

Das Schweigen wurde nur von einem Kratzen unterbrochen, als die Alte den Kochtopf ausscheuerte. Der Lehrling hatte den Kopf gesenkt und schien zu schlafen.

»Ich trinke immer gern«, sagte Jason, ging auf den Alten zu und nahm ihm die Flasche aus der Hand. Als er sie an den Mund setzte, sah die alte Frau kurz zu ihm auf und beugte sich wieder über ihre Arbeit. Jason hörte ein Rascheln hinter sich.

Er warf sich zur Seite, ließ das Trinkgefäß fallen und spürte einen Schlag, der sein Ohr streifte und seine Schulter traf. Jason holte aus und traf den Lehrling mit dem Fuß in den Magen. Der andere klappte wie ein Taschenmesser zusammen und ließ seinen Morgenstern fallen.

Oraiel zog ein langes Schwert unter seinem Pelz hervor und schwang es drohend. Der Keulenhieb hatte Jasons rechten Arm gelähmt, so daß er jetzt schlaff an seiner Seite hing – aber sein linker Arm war noch in Ordnung. Jason warf sich über den Jongleur und drückte ihm mit Daumen und Zeigefinger die Halsschlagader ab. Der Alte zuckte krampfhaft mit den Beinen und wurde ohnmächtig.

Jason war sich darüber im klaren, daß er mit einer Bedrohung von der Flanke her rechnen mußte, deshalb hatte er versucht, die Alte im Auge zu behalten. Sie brachte jetzt ein scharfes Messer zum Vorschein – der Camach war das reinste Waffenlager – und wollte in den Kampf eingreifen. Jason ließ den Jongleur fallen und schlug der Alten das Messer aus der Hand.

Das alles hatte etwa zehn Sekunden gedauert. Oraiel und sein Lehrling lagen bewußtlos übereinander; die Alte hockte am Feuer und hielt sich wimmernd ihr Handgelenk.

»Vielen Dank für die Gastfreundschaft«, murmelte Jason

und massierte seinen rechten Arm. Als er die Finger wieder einigermaßen bewegen konnte, fesselte und knebelte er die alte Frau. Dann waren die beiden anderen an der Reihe; schließlich lagen die drei säuberlich nebeneinander aufgereiht. Oraiel wachte auf und starrte Jason haßerfüllt an.

»Wie ihr sät, so werdet ihr ernten«, erklärte Jason ihm und beugte sich über die Pelze. »Man kann eben nicht alles gleichzeitig haben – Informationen und die Belohnung, die Temuchin vermutlich ausgesetzt hat. Aber ich weiß, daß dir die Sache jetzt leid tut und daß du mir ein paar Felle, diese alte Pelzkappe und einige Waffen schenken willst.«

Oraiel knurrte irgend etwas Unverständliches.

»Du sollst nicht fluchen«, mahnte Jason. Er zog sich die Pelzmütze tief ins Gesicht und nahm den Morgenstern auf, den er in ein Stück Leder gewickelt hatte. »Ihr könnt euch bestimmt selbst befreien, auch wenn es einige Zeit dauert. Seid lieber froh, daß ich keiner von euch bin, sonst wäret ihr jetzt schon tot.« Er nahm die Lederflasche auf und warf sie sich über die Schulter.

Da niemand in Sicht war, als er den Kopf aus dem Zelt steckte, trat er ins Freie und verschnürte den Eingang wieder. Dann schlurfte er mit gesenktem Kopf durchs Lager der Barbaren davon.

5

Niemand beachtete ihn im geringsten.

Die meisten Nomaden waren ähnlich vermummt, um sich vor der Kälte zu schützen. Auf den ersten Blick war nicht zu unterscheiden, ob die anderen jung oder alt, Männer oder Frauen waren. Nur die Krieger kleideten sich anders, aber Jason konnte ihnen leicht ausweichen, indem er zwischen den Camachs verschwand, wenn er einen kommen sah. Da die übrigen Eingeborenen die Krieger ebenfalls mieden, benahm er sich keineswegs auffällig.

Das Lager war offenbar nicht nach einem bestimmten Plan angelegt, sondern die Zelte standen kreuz und quer durcheinander. Nach einiger Zeit erreichte Jason die Ausläufer des Lagers, wo eine Herde magerer Rinder unter Aufsicht einiger Hirten graste. Dann lag der letzte Camach hinter ihm, und er beobachtete zufrieden den Sonnenuntergang.

»Genau hinter mir oder etwas nach rechts«, murmelte er vor sich hin. »Wenn ich jetzt auf den Sonnenuntergang zumarschiere, muß ich zum Schiff zurückfinden.«

Natürlich, überlegte er sich, wenn ich so rasch wie die Nomaden vorankomme. Und wenn sie geradewegs zum Lager geritten sind und keine Haken geschlagen haben. Und wenn meine Verfolger mich nicht vorher einholen. Wenn ...

Genug. Er schüttelte den Kopf, nahm die Schultern zurück und trank einen Schluck Achadh. Dann sah er sich um und stellte fest, daß er nicht beobachtet wurde. Er wischte sich den Mund mit dem Handrücken ab und schlenderte auf die Ebene hinaus. Er ging nicht weit. Sobald er einen Graben entdeckt hatte, verschwand er darin. Hier war er auch einigermaßen vor dem kalten Wind geschützt. Jason zog die Knie hoch, um die Wärmeabstrahlung zu verringern, und beschloß, hier zu warten, bis es völlig dunkel war. Er hätte diese Wartezeit lieber unter anderen Umständen verbracht, als allmählich zum Eiszapfen zu erstarren, aber es gab keine andere Möglichkeit.

Jason legte einen Stein auf den Rand des Grabens, um die Stelle zu markieren, an der die Sonne schließlich untergehen würde. Dann lehnte er sich wieder mit dem Rücken an die gegenüberliegende Wand. Er dachte über das Funkgerät nach und holte es sogar heraus, um zu sehen, ob sich nicht doch etwas reparieren ließ, aber der Versuch wäre zwecklos gewesen. Von da ab döste er nur vor sich hin und wartete, bis die Sonne den westlichen Horizont berührte, während am Himmel die ersten Sterne erschienen.

Die Sonne war nur eine gelbe Scheibe, deren unterer Rand den scharf begrenzten Horizont schnitt. In diesen hohen Breiten – die Pugnacious war auf siebzig Grad nördlicher Breite gelandet – sank die Sonne nicht senkrecht nach unten, sondern schien schräg über den Horizont zu rutschen. Als die halbe Scheibe verschwunden war, markierte Jason diese Stelle mit seinem Stein. Dann ging er an seinen Platz zurück und betrachtete seine Markierung mit zusammengekniffenen Augen.

»Sehr gut, Jason«, sagte er laut. »Jetzt weißt du, wo die Sonne untergeht – aber wie willst du diese Richtung nachts einhalten? Denke, Jason, denke nach, denn jetzt hängt dein Leben davon ab!« Er zitterte, aber daran war bestimmt die Kälte schuld.

»Mir wäre schon viel geholfen, wenn ich wüßte, wo die Sonne am Horizont untergeht – wieviel Grad westlich von Nord. Das Problem muß ganz einfach zu lösen sein, weil keine Inklination der Planetenachse zu berücksichtigen ist.« Er zeichnete Kreisbogen und Winkel in den Sand und murmelte vor sich hin. »Wenn die Achse senkrecht steht, herrscht ständig eine Tag-und-Nacht-Gleiche, was wiederum bedeutet, daß ... ho, ho!« Er versuchte mit den Fingern zu schnalzen, aber sie waren zu steif.

»Das ist die Antwort! Wenn Tag und Nacht wirklich gleich sind, gibt es nur einen Punkt, an dem die Sonne nördlich oder südlich des Äquators auf- und untergehen kann. Sie muß einen Halbkreis von hundertachtzig Grad beschreiben, genau im Osten aufgehen und genau im Westen untergehen. Heureka!«

Jason suchte einen zweiten Stein und legte ihn an den Grabenrand über die Stelle, wo er vorher gesessen hatte. Dann kletterte er aus dem Graben, legte sich ins Gras und sah über die beiden Markierungen hinweg. Am Horizont fiel ihm am richtigen Punkt ein heller blauer Stern auf, der zu einer Z-förmigen Konstellation gehörte.

»Mein Leitstern«, sagte Jason mit einem Blick auf sein

Chronometer. »Jetzt kann die Sache meinetwegen losgehen. Bei einem Zwanzigstundentag kann ich mit zehn Stunden Nacht rechnen. Zunächst entferne ich mich in gerader Linie von meinem Stern. Nach fünf Stunden muß er genau über mir im Zenit stehen – oder vielmehr in einer Linie mit meiner linken Schulter. Dann beschreibt er einen Bogen und geht nach weiteren fünf Stunden vor mir unter. Das ist alles ganz einfach, solange ich meine Position in regelmäßigen Abständen überprüfe. Ha!«

Jason richtete sich auf, vergewisserte sich, daß der Stern genau hinter ihm stand, schulterte seine Keule und marschierte in Richtung Ebene davon. Vielleicht war alles tatsächlich ganz einfach, aber er wünschte sich trotzdem, er hätte einen Kreiselkompaß.

Die Temperatur nahm gleichmäßig ab, und die Sterne waren in der trockenen Luft deutlich zu sehen. Die Z-förmige Konstellation zog schweigend ihre Bahn, erreichte um Mitternacht ihren Zenit und schien dort zu verharren. Jason überprüfte die Zeit und setzte sich müde. Er war seit fünf Stunden unterwegs und hatte nur eine kurze Ruhepause eingelegt. Trotz der harten Ausbildung auf Pyrrus war er ziemlich erschöpft. Er nahm einen Schluck aus der Lederflasche und fragte sich, wie kalt es sein mochte; das alkoholhaltige Achadh begann einzufrieren.

Felicity besaß keinen Mond, aber die Sterne gaben mehr als genug Licht. An drei Seiten war die Steppe eintönig grau; nur hinter Jason bewegte sich eine dunkle Masse. Jason ließ sich langsam zu Boden sinken und blieb bewegungslos liegen, während die Moropen und ihre Reiter kaum zweihundert Meter von ihm entfernt vorbeizogen. Dann verschwanden sie nach Süden.

»Auf der Suche nach mir?« fragte Jason sich. »Oder zum Schiff unterwegs?«

Das letztere erschien ihm wahrscheinlicher, denn die Reiter hatten offenbar in großer Eile ein bestimmtes Ziel erreichen wollen. Er überlegte sich, ob er ihren Spuren folgen sollte, ließ diesen Plan jedoch wieder fallen. Er hatte keine Lust, etwa zurückkehrenden Barbaren in die Hände zu laufen.

Als Jason aufstand, fiel der eisige Wind über ihn her und schüttelte ihn wie eine riesige Hand. Jason marschierte zitternd weiter. In dieser Nacht sah er noch zweimal Reiter hinter sich, vor denen er Deckung nehmen mußte. Jedesmal fiel es ihm schwerer, seinen Marsch fortzusetzen.

Dann wurde der Himmel im Osten allmählich hell. Jason mußte sich dazu zwingen, noch einen Fuß vor den anderen zu setzen. Sein Leitstern stand dicht über dem Horizont, und Jason marschierte weiter, bis der Stern und die Z-förmige Konstellation verschwunden waren. Nun war es Zeit für eine längere Rast, denn Jason durfte tagsüber nicht unterwegs sein. Die Orientierung nach der Sonne wäre einfach gewesen, aber Jason wußte, daß er keinen Tagesmarsch riskieren durfte. Ein einzelner Mann war auf dieser Ebene schon aus weiter Entfernung zu sehen, und da er das Schiff bisher noch nicht gesichtet hatte, mußte er noch ziemlich weit marschieren.

Er kroch in den nächsten Graben, an dessen Nordseite ein kleiner Überhang die Sonnenwärme speichern und den Wind abhalten würde. Jason zog die Knie an und versuchte die Kälte zu ignorieren, die durch die Pelze und den isolierten Schutzanzug drang. Während er sich noch fragte, ob er in dieser Lage überhaupt einschlafen können würde, schlief er bereits ein.

Als er wieder aufwachte, stand die Sonne bereits so tief, daß der Graben im Schatten lag. Jason wußte jetzt, wie es einem Schnitzel in der Tiefkühltruhe zumute war. Jede Bewegung kostete unglaubliche Anstrengung, und er hatte Angst, ein Finger könnte abbrechen, wenn er irgendwo anstieß. Er trank das Achadh in der Lederflasche aus, bekam einen Hustenanfall und fühlte sich dann schwächer, aber immerhin etwas lebendiger.

Auch diesmal richtete er sich nach der untergehenden

Sonne und brach auf, als die Sterne am Himmel erschienen. Die Anstrengungen der vergangenen Nacht, seine Wunden und der Nahrungsmangel machten sich jetzt bemerkbar. Nach einer Stunde stolperte Jason bereits wie ein Greis und wußte, daß er etwas dagegen unternehmen mußte. Er sank keuchend zu Boden, drückte auf den Knopf, der den Medikasten in seine Hand gleiten ließ, und stellte ihn auf Stimulans, normale Stärke ein. Als er den Kasten gegen sein Handgelenk drückte, spürte er einige Nadelstiche.

Das Mittel wirkte. Eine Minute später merkte Jason, daß seine Müdigkeit rasch nachließ. Als er aufstand, waren seine Beine gefühllos, aber nicht mehr müde.

»Vorwärts!« rief er, steckte den Medikasten ein und suchte am Himmel nach der Z-förmigen Konstellation.

Die Nacht war weder lang noch kurz; sie verstrich wie in einem Traum. Jason konnte nicht allzu klar denken, aber er besaß immerhin genügend Geistesgegenwart, um in Deckung zu gehen, wenn wieder Reiter auftauchten, und seine Marschrichtung nach ihren Spuren zu korrigieren, sobald sie verschwunden waren. Er fragte sich, ob die Barbaren im Kampf mit der Schiffsbesatzung besiegt worden waren, weil sie alle aus dieser Richtung zurückströmten.

Gegen drei Uhr morgens stolperte Jason wieder und mußte den Medikasten erneut zur Hilfe nehmen. Die Injektion Stimulans, extra stark, wirkte sofort, und er konnte weitermarschieren.

Im Osten wurde es bereits hell, als er plötzlich den Brandgeruch wahrnahm. Zunächst dachte er sich nichts dabei, aber dann erreichte er, die Stelle, an der das Gras unter seinen Füßen versengt und schwarz war. Diese Fläche bildete einen großen Kreis, aber Jason wollte noch immer nicht einsehen, was das bedeutete.

Erst als er die verrosteten und zertrümmerten Maschinen der ersten Expedition sah, gestand er sich die Wahrheit ein.

»Hier war es doch!« rief er laut. »Wir sind an diesem Punkt gelandet! Aber jetzt ist die Pugnacious verschwunden. Ohne mich gestartet …«

Er ließ die Arme sinken, schwankte und hielt sich nur mühsam aufrecht. Das Schiff fort, seine Freunde verschwunden. Ohne mich gestartet …

Er ließ die Arme sinken, schwankte und hielt sich nur mühsam aufrecht. Das Schiff fort, seine Freunde verschwunden, von allen im Stich gelassen.

Der Boden unter seinen Füßen dröhnte.

Fünf Moropen rasten über den nächsten Hügel, und ihre Reiter stießen einen schrillen Kriegsruf aus, während sie ihre Lanzen einlegten.

6

Jason hob den Arm, krümmte die Finger der rechten Hand und wartete darauf, daß die Pistole in seiner Hand erscheinen würde – aber dann fiel ihm ein, daß er entwaffnet war.

»Gut, dann kämpfen wir eben auf altmodische Weise!« brüllte er den Angreifern entgegen und ließ seinen Morgenstern um sich kreisen. Er hatte keine Aussichten, aber die anderen sollten ihn wenigstens nicht kampflos umbringen.

Die fünf Reiter galoppierten auf Jason zu und hatten eben die Grenze zwischen dem gelbgrünen und dem verbrannten Gras erreicht, als eine Detonation ertönte. Eine Rauchwolke hüllte die Angreifer ein. Jason ließ seine Keule sinken und trat unwillkürlich zurück. Nur ein Morope kam in seine Nähe und brach vor ihm zusammen; die anderen Tiere und ihre Reiter lagen in größerer Entfernung bewegungslos am Boden. Jason sog prüfend die Luft ein und wich noch weiter vor der Gaswolke zurück. Narkogas. Es wirkte augenblicklich bei allen Sauerstoffatmern, die etwa fünf Stunden bewußtlos blieben; die einzige Nebenwirkung bestand aus starken Kopfschmerzen nach dem Aufwachen.

Was war geschehen? Das Schiff war gestartet, und Jason sah niemand in seiner Nähe. Die Drogen wirkten allmählich nicht mehr, so daß er kaum noch klar denken konnte. Er hörte das Grollen einige Sekunden lang, bevor ihm einfiel, was dieses Geräusch verursachte: die Pinasse des Raumschiffs. Als er den Kopf hob, sah er den weißen Kondensstreifen am Morgenhimmel; wenig später zeichnete sich ein schwarzer Punkt vor dem hellen Hintergrund ab und kam rasch näher. Die Pinasse wurde ständig größer und setzte schließlich auf einem Feuerstrahl kaum hundert Meter von Jason entfernt auf. Die Luftschleuse wurde geöffnet, und Meta sprang zu Boden.

»Alles in Ordnung?« rief sie und rannte mit schußbereiter Waffe auf ihn zu.

»Selbstverständlich«, antwortete Jason. Er stützte sich auf die Keule, um nicht zusammenzusacken. »Warum kommst du so spät? Ich dachte schon, ihr wäret alle ohne mich verschwunden.«

»Du weißt doch, daß wir das nie tun würden!« protestierte Meta. Sie betastete seine Arme und seinen Oberkörper, als wolle sie sich vergewissern, daß er sich keine Knochen gebrochen hatte. »Wir konnten sie nicht daran hindern, dich mitzunehmen. Einige von ihnen sind gestorben. Zur gleichen Zeit wurde das Schiff angegriffen.«

Jason wußte, welche Anstrengungen und Kämpfe sich hinter diesen kurzen Worten verbargen. Er nickte langsam.

»Komm in die Pinasse«, forderte Meta ihn auf. Sie legte ihm einen Arm um die Schultern, um ihn zu stützen. Er ließ es sich gefallen. »Sie müssen auf allen Seiten im Hinterhalt gelegen haben und bekamen ständig Verstärkung. Sie sind erfahrene Kämpfer, die keinen Pardon verlangen und auch keinen geben. Kerk hat bald eingesehen, daß der Kampf endlos fortdauern würde, ohne daß wir dir durch unsere Anwesenheit helfen konnten. Selbst wenn dir die

Flucht aus der Gefangenschaft gelungen wäre, hättest du das Schiff unter diesen Umständen nie erreicht. Deshalb sind wir gestartet und haben zuvor Kameras, Mikrophone, Landminen und ferngezündete Narkobomben am Landeplatz verteilt. Die anderen warten in einem Stützpunkt, den sie irgendwo im Norden in den Bergen errichtet haben. Ich bin mit der Pinasse in der Nähe geblieben und so schnell wie möglich gekommen.«

»Vielen Dank für die prompte Hilfe.« Jason schüttelte ihre Hand ab. »Danke, ich kann allein einsteigen.«

Er konnte es nicht, aber er wollte es nicht zugeben und redete sich ein, er sei selbst die Leiter hinaufgeklettert, anstatt von Meta hinaufgeschoben worden zu sein.

Jason stolperte durch die Kabine und ließ sich auf die Kopilotenliege fallen, während Meta die Schleuse verriegelte. Sobald das Luk geschlossen war, schien die Spannung von ihr abzufallen; sie eilte zu Jason und kniete neben ihm nieder, um ihm ins Gesicht sehen zu können.

»Nimm das ab«, sagte sie und warf seine Pelzmütze zu Boden. Sie berührte seine Prellungen und Frostbeulen mit den Fingerspitzen. »Ich hätte nie geglaubt, daß ich dich wiedersehen würde.«

»Hat dich das so gestört?«

Er war erschöpft und einer Ohnmacht nahe; aber er spürte auch, daß dieser Augenblick für ihr zukünftiges Verhältnis zueinander entscheidend sein konnte.

»Ja, es hat mich gestört – und ich weiß keinen Grund dafür.« Meta küßte ihn, ohne auf seine aufgesprungenen Lippen zu achten. Er beschwerte sich nicht.

»Vielleicht bist du es einfach gewöhnt, mich um dich zu haben«, meinte Jason leichthin.

»Nein, das ist es nicht. Ich habe schon andere Männer um mich gehabt. Ich habe zwei Kinder. Ich bin dreiundzwanzig. Ich bin als Pilot unseres Raumschiffes auf vielen Planeten gewesen. Ich habe mir eingebildet, alles zu wissen, aber du hast mich viel Neues gelehrt. Als dieser Mikah

Samon dich entführt hatte, war mir plötzlich klar, daß ich dich unter allen Umständen finden mußte. Das ist ungewöhnlich, denn wir Pyrraner denken zuerst an das Wohl unserer Stadt, nie an andere Leute. Jetzt weiß ich nicht mehr, was ich denken soll. War das falsch?«

»Nein«, versicherte Jason ihr mit heiserer Stimme, »ganz im Gegenteil. Du hast …«

Meta wandte sich ab, als ein Alarmsignal ertönte. Jason lächelte, ließ das Kinn auf die Brust sinken und schlief augenblicklich ein.

»Sie greifen wieder an«, stellte Meta fest, schaltete das Warnsignal ab und sah auf den Bildschirm. Als sie merkte, daß Jason schlief, legte sie ihm rasch die Gurte an und leitete den Start ein.

»Das gefällt mir an den Pyrranern«, meinte Jason, als er auf einer Tragbahre die Pinasse verließ. Er warf einen Blick auf die Flasche mit Traubenzuckerlösung, die über ihm hing. »Sie lassen einen wenigstens zum Teufel gehen, wie man will. Hätte ich eine Strychnininjektion verlangt, hätte ich sie wahrscheinlich auch bekommen.«

Meta sorgte dafür, daß er sich einigermaßen ausschlafen konnte, bevor die Führer der Expedition sich in seiner Kabine versammelten. Jason wachte auf, als in seiner Nähe Stimmen laut wurden.

»Die Besprechung kann beginnen«, sagte er heiser flüsternd. Er wandte sich an Tecca. »Ich brauche etwas für meine Stimme und eine Spritze, damit ich aufwache. Kannst du mir das geben?«

»Natürlich«, antwortete Tecca und öffnete seinen Kasten. »Ich halte es allerdings für falsch, weil dein Körper ohnehin überanstrengt ist.« Trotzdem erfüllte er seine Pflicht rasch und sicher.

»Schon besser«, stellte Jason fest, als die Spritze zu wirken begann. Dafür würde er bezahlen müssen – aber erst später.

»Ich habe die Lösungen einiger unserer Probleme gefunden«, begann er. »Ich weiß jetzt, daß es uns nicht gelingen wird, eine Bergwerkssiedlung zu errichten, falls wir keine durchgreifenden Änderungen durchsetzen können. Wir müssen die Sitten, Tabus und kulturellen Motivationen der Barbaren ändern, bevor wir mit dem Erzabbau beginnen können.«

»Unmöglich«, behauptete Kerk.

»Vielleicht. Aber immerhin besser als die Alternative – Völkermord. Wie die Dinge jetzt stehen, müßten wir die Barbaren ausrotten, um wirklich Frieden zu haben.«

»Kommt nicht in Frage«, entschied Kerk, und die anderen nickten. »Die andere Möglichkeit erschien mir allerdings sehr unrealistisch.«

»Wirklich? Du brauchst nur daran zu denken, daß wir hier sind, weil auf Pyrrus ähnlich durchgreifende Veränderungen verwirklicht wurden. Was für Pyrraner gut genug war, ist auch für Barbaren gut genug.«

»Willst du uns nicht zuerst schildern, was wir hier verändern sollen?« warf Rhes ein.

»Habe ich das noch nicht getan?« Jason merkte, daß er trotz der Drogen nicht so klar wie sonst dachte. »Ich habe den Lebensstil der Eingeborenen unfreiwillig kennengelernt. Sie gehören alle verschiedenen Stämmen an, die sich offenbar dauernd in den Haaren liegen. Gelegentlich taucht ein Mann auf, der es fertigbringt, einige Stämme unter seiner Führung zu vereinigen. Der Mann, der die erste Expedition vernichtet hat, heißt Temuchin; er versteht seine Sache so gut, daß er seinen Einfluß inzwischen vergrößert hat. Seit unserer Ankunft ist er noch mächtiger geworden, weil sich täglich neue Stämme seiner Führung unterwerfen. Temuchin ist unser größtes Problem. Solange er die Stämme führt, erreichen wir nichts; deshalb müssen wir den Rückzug antreten, damit sein Heiliger Krieg sinnlos wird.«

»Sprichst du im Fieber?« wollte Meta wissen.

»Danke, mir geht es ausgezeichnet. Wir müssen die Barbaren davon überzeugen, daß wir abfliegen. Am besten drohen wir ihnen über Lautsprecher damit, wenn sie wieder angreifen, nachdem wir am alten Platz gelandet sind. Da sie natürlich weiter angreifen, starten wir demonstrativ und steuern ein Versteck irgendwo in den Bergen an. Das ist das erste Stadium.«

»Hoffentlich gibt es ein zweites«, meinte Kerk ohne große Begeisterung. »Bisher sieht alles nach einem Rückzug aus.«

»Richtig, das ist gerade die Absicht dahinter. In den Bergen suchen wir uns ein einsames Tal, das zu Fuß unerreichbar wäre. Dort bauen wir ein Musterdorf und besiedeln es mit einem kleinen Stamm Barbaren, die wir dorthin verschleppen. Sie bekommen alles, was sie sich nur wünschen können, und werden später wieder entlassen. Aber inzwischen leihen wir uns ihre Moropen und Camachs und alles andere.

»Aber warum denn?« fragte Meta erstaunt.

»Wir gründen einen eigenen Stamm. Die kämpfenden Pyrraner. Gefährlicher und aktiver als jeder andere Stamm. Wir müssen das Barbarenspiel so gut beherrschen, daß unser Anführer Kerk nach einiger Zeit Temuchin verdrängen kann. Ich bin davon überzeugt, daß das alles bei euch in besten Händen ist, während ich abwesend bin.«

»Ich wußte gar nicht, daß du uns verlassen wolltest«, meinte Kerk erstaunt. »Was hast du vor?«

Jason lächelte geheimnisvoll. »Ich ziehe als Jongleur durchs Land, um eure Ankunft vorzubereiten.«

7

»Wenn du lachst oder auch nur lächelst, breche ich dir den Arm«, drohte Meta.

Jason mußte sich beherrschen, um nicht breit zu grinsen.

»Ich lache nie über die Kleidung einer Dame«, behauptete er. »Ich finde, daß du gut aussiehst.«

»Meinst du?« zischte sie. »Und ich finde, daß ich wie ein Pelztier aussehe, das überfahren worden ist.«

»Siehst du, Grif ist hier«, sagte er und wies auf die Tür. Der Junge war gerade noch rechtzeitig gekommen, denn wenn man es recht überlegte, wirkte Meta in diesem Aufzug wirklich unappetitlich ...

»Na, komm nur herein, Grif, mein Junge!« Jason versuchte den Eindruck zu erwecken, das Grinsen sei ausschließlich für den grimmig dreinblickenden Neunjährigen bestimmt.

»Das gefällt mir nicht«, murmelte Grif wütend. »Ich mag keine verrückte Bekleidung. Niemand trägt solche Kostüme.«

»Wir drei tragen sie«, antwortete Jason laut, weil er hoffte, daß Meta dann eher zuhören würde. »Und bei den Barbaren, zu denen wir wollen, ist das die übliche Kleidung. Du wirst sehen, daß wir uns nicht von den Einheimischen unterscheiden.«

Es wurde allmählich Zeit, das Thema zu wechseln. Jason warf einen Blick auf Grifs und Metas Hände.

»Ihr seid schön braun geworden«, stellte er fest, »und eure Haut hat etwa die richtige Farbe. Trotzdem fehlt noch etwas«, fügte er hinzu und nestelte einen kleinen Lederbeutel von seinem Gürtel. »Die Nomaden fetten ihre Haut zum Schutz vor Wind und Kälte ein. Das müßt ihr jetzt auch machen. Halt!« rief er, als die beiden Pyrraner die Fäuste ballten. »Ich verlange schließlich nicht, daß ihr ranziges Morope-Fett wie die Einheimischen nehmt! Das hier ist saubere, neutrale, geruchlose Vaseline. Ihr braucht sie noch, darauf könnt ihr euch verlassen!«

Jason rieb sich mit Vaseline ein, und die beiden folgten widerwillig seinem Beispiel. Dabei wurde ihr Gesichtsausdruck noch mürrischer. Jason konnte nur hoffen, daß sie allmählich begriffen, worum es hier ging – sonst war das

Spiel zu Ende, bevor es richtig begonnen hatte. Bisher war alles genau nach Plan gegangen, und Jason wollte nun Temuchins Horden infiltrieren, wenn es ihm gelang, Meta und Grif zur Zusammenarbeit zu bewegen.

»Los, kommt mit«, forderte Jason sie auf. »Wir sind jetzt an der Reihe.«

Sie traten ins Freie und gingen zu Kerk hinüber, der die Verladung überwachte. Ein betäubtes Morope wurde eben in eine breite Tragschlinge gelegt. Die Pinasse schwebte wenige Meter über dem Boden, und der Pilot ließ eben ein Stahlseil auslaufen.

»Das ist das letzte Tier«, erklärte Kerk ihnen. »Die beiden anderen und die Ziegen sind bereits abgeliefert. Ihr seid als nächste an der Reihe.«

Sie beobachteten schweigend, wie die Last angehoben wurde. Dann verschwand die Pinasse damit in der Dunkelheit.

»Wie steht es mit der Ausrüstung?« fragte Jason.

»Alles an Ort und Stelle. Wir haben den Camach für euch aufgebaut. Ihr seht wirklich gut aus mit euren Kostümen. Allmählich glaube ich fast, daß ihr mit dieser Maskerade Erfolg haben könntet.«

Kerk hatte recht. Hier draußen in Kälte und Wind war ihre Kleidung durchaus den äußeren Umständen angepaßt. Vielleicht sogar besser als Kerks beheizter Schutzanzug, der das Gesicht frei ließ. Jason warf einen prüfenden Blick auf Kerks Backen.

»Am besten gehst du wieder hinein oder reibst dich mit Fett ein«, riet er ihm. »Du hast anscheinend Frost abbekommen.«

»Ich bin ganz erstarrt. Wenn ihr mich nicht mehr braucht, gehe ich hinein und taue mich wieder auf.«

»Danke für die Hilfe. Wir werden jetzt allein fertig.«

»Viel Glück«, sagte Kerk und schüttelte ihnen nacheinander die Hand. »Wir bleiben ständig in Funkverbindung.«

Jason, Meta und Grif warteten schweigend, bis die Pinasse sie abholte. Der Flug auf die Ebene hinab dauerte nicht lange. Das war gut, denn die Kabine erschien den drei ›Nomaden‹ zu feucht und überheizt.

Als die Pinasse wieder gestartet war, deutete Jason auf den halbkugelförmigen Camach. »Macht es euch dort drinnen gemütlich«, forderte er Meta und Grif auf. »Ich will nur kontrollieren, ob die Moropen gut festgebunden sind. Unser Zelt wird elektrisch beheizt und beleuchtet – wir können die Vorteile der Zivilisation noch einen letzten Abend lang genießen.«

Wenige Minuten später betrat er den behaglich warmen und hell erleuchteten Camach, legte den äußeren Pelz ab und verschloß den Eingang hinter sich. Er nahm einen eisernen Kochtopf von der Wand, füllte ihn mit Wasser aus einer Lederflasche, die er mit Plastik ausgekleidet hatte, um den Geschmack des Wassers zu verbessern, und setzte den Topf aufs Feuer. Meta und der Junge beobachteten ihn aufmerksam.

»Das ist Char«, erklärte Jason ihnen und brach einen schwarzen Klumpen von einem größeren Ziegel ab. »Das Zeug besteht aus Blättern eines Strauchs, die getrocknet und gepreßt werden. Der Geschmack ist erträglich, und ihr gewöhnt euch am besten daran.« Er ließ den Klumpen ins Wasser fallen, das sich sofort purpurrot färbte.

»Danke, ich mag lieber nichts«, sagte Grif mißtrauisch.

»Du mußt es trotzdem versuchen. Wir dürfen nicht anders als die Barbaren leben, wenn wir sie unterwandern wollen. Da fällt mir übrigens ein anderer wichtiger Punkt ein.«

Jason zog seinen rechten Ärmel hoch und begann seinen Halfter abzuschnallen. Meta und Grif starrten ihn ungläubig an.

»Was ist los? Was tust du da?« fragte Meta, als er die Pistole und den Halfter in einen Stahlkasten legte.

»Ich nehme meine Pistole ab«, erklärte Jason ihr geduldig. »Die Barbaren dürfen sie nicht sehen, sonst sind wir verraten. Ihr müßt eure Waffen ebenfalls ...«

Bevor er den Satz zu Ende gesprochen hatte, sah er sich zwei Pistolenmündungen gegenüber. Jason lächelte gelassen.

»Genau das meine ich damit. Sobald ihr aufgeregt seid, fuchtelt ihr mit euren Pistolen herum. Dieser Reflex kann euch verraten, deshalb müssen wir die Pistolen unter Verschluß halten, um sie nur im Notfall zu verwenden. Wir müssen die Einheimischen mit ihren eigenen Waffen besiegen.« Er rollte ein Fell auf, in dem es klirrte und klimperte. »Seht euch das an. Hübsch, was?«

Meta und Grif nickten zufrieden, als sie Messer, Dolche, Schwerter. Lanzen und Degen sahen.

»Damit sind wir so gut wie die Eingeborenen bewaffnet – sogar etwas besser«, erklärte Jason ihnen. »Pyrraner sind ohnehin bessere Einzelkämpfer, und ich habe diese Waffen aus bestem Chromstahl anfertigen lassen. Sie sind Kopien, aber weitaus besser als die Originale.«

Jason brauchte eine Viertelstunde, bis er Meta von der Notwendigkeit überzeugt hatte, ihre Pistole abzulegen. Der Junge war noch hartnäckiger, aber schließlich gab auch er nach.

Sie standen im Morgengrauen auf, und Jason verschloß alle Geräte, die verdächtig wirken konnten, in seinem Stahlkasten. Er ließ drei Frühstückspakete im Zelt liegen und gab sie erst aus, als der Escung beladen und die Moropen gesattelt waren.

»Die Pflicht ruft«, stellte Jason fest und kratzte seine Portion aus. »Meta, du vergräbst die Abfälle. Ich spanne inzwischen das Morope vor den Wagen. Grif, du nimmst den Korb dort drüben und sammelst den Mist ein. Wir wollen nichts vergeuden.«

»Was soll ich tun?«

Jason grinste. »Wir kochen von jetzt an über einem Feuer aus getrocknetem Morope-Mist.« Er ging zum Wagen, ohne auf Grifs Kommentar zu achten.

2·85·1

Obwohl sie beobachtet hatten, wie die Nomaden mit ihren großen Reittieren umgingen, und obwohl sie selbst etwas Übung hatten, waren sie in Schweiß gebadet – trotz der kalten Morgenluft –, als sie endlich aufbrechen konnten. Jason ritt voraus, Meta folgte ihm, und Grif hockte auf dem Escung, so daß er die Ziegen im Auge behalten konnte, die unterwegs grasten.

Am frühen Nachmittag, als sie kaum noch im Sattel sitzen konnten, sahen sie weit vor sich eine Staubwolke, die ihren Weg schräg kreuzte.

»Ruhe bewahren und Waffen griffbereit halten«, befahl Jason. »Ich spreche, und ihr hört zu, damit ihr lernt, wie man sich hierzulande unterhält.«

Unterdessen waren bereits einzelne Moropen auszumachen. Drei dieser Tiere lösten sich von der größeren Ansammlung und galoppierten auf die Neuankömmlinge zu. Jason und seine Begleiter hielten an, als die Reiter ihre Tiere vor ihnen zum Stehen brachten.

Der Anführer hatte einen schmutzigen schwarzen Bart und nur ein Auge. Er trug einen verbeulten Metallhelm, auf dem der Schädel eines großen Nagetiers angebracht war.

»Wer bist du, Jongleur?« fragte er und ließ seinen Morgenstern von einer Hand in die andere fallen. »Wohin ziehst du?«

»Ich bin Jason und ziehe zu Temuchin. Wer bist du?«

Der andere grunzte nur. »Shanin vom Stamm der Ratten. Was sagst du zu Ratten?«

Jason hatte keine Ahnung, was man zu Ratten sagte, aber er erinnerte sich daran, daß Oraiel davon gesprochen hatte, daß die Jongleure keinem Stamm angehörten und über den streitenden Parteien standen.

»Ich begrüße die Ratten«, improvisierte er. »Einige meiner besten Freunde sind Ratten.«

»Kämpft ihr gegen Ratten?«

»Niemals«, erwiderte Jason gekränkt.

Shanin nickte zufrieden. »Wir sind zu Temuchin unterwegs«, stellte er fest. »Er zieht gegen die Bergwiesel, deshalb schließen wir uns an. Du reitest mit uns. Du singst heute abend für mich.«

»Ich hasse die Bergwiesel ebenfalls. Ich singe heute abend für dich.«

Der Anführer grunzte einen Befehl, und die Reiter galoppierten davon. Jasons kleine Gruppe ging in der Horde auf, vermischte sich mit ihr und war bald nicht mehr von den staubbedeckten Nomaden zu unterscheiden.

»Dafür sind also die Leinen der Ziegen«, murmelte Jason, als er gemeinsam mit Meta versuchte, die Tiere in der Nähe des Wagens zu halten. »Bei der nächsten Rast bindet ihr alle Ziegen an, damit sie nicht in andere Herden geraten.«

»Willst du uns nicht helfen?« erkundigte Meta sich.

»Tut mir leid, aber das ist in dieser primitiven Gesellschaft unmöglich. Ich helfe euch gern im Zelt, wo mich niemand sieht – aber auf keinen Fall in der Öffentlichkeit.«

Der Tag war kurz, was Jason und seinen Begleitern nur recht sein konnte. Die Horde machte an einem Brunnen halt; Frauen und Kinder bauten die Escungs ab, errichteten Camachs, banden Ziegen fest, nahmen Moropen die Sättel ab, holten Wasser, kochten und arbeiteten eifrig, während die Männer gelassen zusahen. Auch Jason trug seinen Teil bei, indem er die Stahlkiste vom Wagen hob und sich darauf niederließ. Unter dem zerschlissenen Lederbezug verbarg sich ein Behälter aus Edelstahl, dessen Schloß nur auf die Fingerspitzen von Jason, Meta oder Grif ansprach. Jason zupfte eine zweisaitige Laute und summte ein Lied vor sich hin. Ein Mann kam vorbei, blieb stehen und beobachtete, wie der Camach errichtet wurde. Jason erkannte einen der drei Männer, von denen sie aufgehalten worden waren, ließ sich jedoch nichts anmerken.

»Gute starke Frau, aber dumm. Kann einen Camach nicht richtig aufstellen«, sagte der Nomade plötzlich und zeigte mit dem Daumen auf Meta.

Jason wußte nicht, was er antworten sollte, und beschränkte sich deshalb auf ein Grunzen. Der andere nickte, kratzte sich den Bart und warf Meta einen bewundernden Blick zu.

»Ich brauche eine starke Frau. Ich gebe dir sechs Ziegen für sie.«

Jason merkte, daß der andere nicht nur Metas Körperkräfte bewunderte. Sie hatte ihren Außenpelz abgeworfen, weil es ihr bei der Arbeit zu warm geworden war, und ihre schlanke Figur hob sich vorteilhaft von den vierschrötigen Gestalten der Nomadenfrauen ab.

»Du kannst sie bestimmt nicht brauchen«, versicherte Jason dem Mann. »Sie schläft lange, ißt zuviel. Kostet auch zuviel. Ich habe zwölf Ziegen für sie bezahlt.«

»Ich gebe dir zehn«, behauptete der Krieger, ging zu Meta hinüber und packte sie am Arm, um sie besser sehen zu können.

Jason fuhr zusammen. Die Frauen im Lager mochten an diese Behandlung gewöhnt sein, aber Meta würde sich nichts gefallen lassen. Überraschenderweise riß sie sich nur los und arbeitete weiter.

»Komm her!« rief Jason dem Mann zu. »Komm, wir trinken einen Schluck!«

Zu spät. Der Krieger war wütend, weil eine Frau es gewagt hatte, sich ihm zu widersetzen; er gab Meta einen Schlag auf den Kopf und griff nochmals nach ihr.

Meta stolperte, schüttelte den Kopf und wich nicht aus, sondern drehte sich nach dem Mann um und traf seinen Kehlkopf mit einem genau gezielten Handkantenschlag. Der Krieger sank in die Knie und spuckte Blut, aber Meta beobachtete ihn aufmerksam.

Jason wollte die beiden trennen und kam zu spät.

Der Nomade richtete sich auf, hielt sein Messer in der Hand und wollte es Meta in den Unterleib stoßen. Aber Meta umklammerte sein Handgelenk mit beiden Händen, riß den Arm hoch und drehte ihn dabei, so daß ihrem Gegner das Messer aus den kraftlosen Fingern glitt. Sie hätte es dabei belassen können, aber als Pyrranerin kannte sie nur einen Kampf bis zum bitteren Ende. Sie hob das Messer auf, bevor es ganz den Boden berührt hatte, und stieß es dem Barbaren bis zum Heft unterhalb der Rippen in den Brustkorb.

Jason sank auf seine Kiste zurück und berührte wie zufällig das Schloß, das beim leisesten Kontakt aufsprang. Einige Nomaden hatten den Vorfall beobachtet und starrten nun den Toten verwirrt und erstaunt an. Eine alte Frau watschelte zu ihm, hob seinen Arm hoch und ließ ihn wieder fallen. »Tot!« murmelte sie und warf Meta einen fast ängstlichen Blick zu.

»He, ihr beiden!« rief Jason seinen Begleitern in ihrer ›Stammessprache‹ zu, die außer ihnen niemand verstand. »Haltet eure Waffen bereit und seht euch vor. Notfalls haben wir hier unsere Pistolen und Gasgranaten – aber das ist der letzte Ausweg.«

Shanin tauchte mit einem Dutzend seiner Krieger auf und starrte die Leiche ungläubig an. »Hat deine Frau diesen Mann mit seinem eigenen Messer umgebracht?«

»Ja, aber er war selbst schuld daran. Er hat sie belästigt und hat sie angegriffen. Es war reine Selbstverteidigung, das können alle bestätigen.« Die anderen murmelten zustimmend.

Der Häuptling schien mehr erstaunt als wütend zu sein. Er starrte den Toten an, ging zu Meta hinüber und hob ihr Kinn mit einer Hand hoch, um das Gesicht besser sehen zu können. Jason merkte, daß Meta sich beherrschen mußte, um ihn nicht niederzuschlagen.

»Zu welchem Stamm gehört sie?« erkundigte Shanin sich.

»Ihr Stamm lebt weit von hier entfernt im Norden in den Bergen. Ihre Leute heißen ... Pyrraner. Gute Kämpfer.«

Shanin grunzte. »Nie davon gehört. Welches Totem haben sie?«

Jason überlegte rasch. Es durfte weder Ratte noch Wiesel sein. Welche anderen Tiere hatte er in den Bergen gesehen? »Adler«, verkündete er mit fester Stimme. Er hatte einmal einen großen Vogel beobachtet.

»Sehr starkes Totem«, sagte Shanin; er war offenbar beeindruckt. Dann fuhr er mit einem Blick auf den Toten fort: »Er hat ein Morope und einige Pelze. Die Frau kann sie nicht bekommen.« Er sah abschätzend zu Jason hinüber.

Die gewünschte Antwort war leicht zu erraten. Niemand sollte Jason nachsagen können, er sei mit gebrauchten Moropen und Pelzen aus zweiter Hand nicht großzügig gewesen! »Sein Eigentum fällt natürlich dir zu, Shanin. Ich würde nicht im Traum daran denken, es für mich zu beanspruchen. Und die Frau bekommt heute abend eine kräftige Tracht Prügel, das verspreche ich dir.«

Shanin nickte zufrieden und nahm das Geschenk an. Er wollte schon gehen, drehte sich aber nochmals um und fügte hinzu: »Er kann kein guter Krieger gewesen sein, wenn er von einer Frau besiegt worden ist. Aber er hat zwei Brüder.«

Das war wichtig, und Jason dachte darüber nach, während die Zuschauer sich zerstreuten und den Toten mitnahmen. Als Meta und Grif das Zelt aufgestellt hatten, schleppte er seine Kiste ins Innere und schickte den Jungen hinaus, um ihn die Ziegen fester anbinden zu lassen. Er machte sich Sorgen, denn der Todesfall konnte böses Blut machen.

Tatsächlich gab es rascher als erwartet die ersten Schwierigkeiten. Jason hörte einen lauten Schrei vor dem Zelt und rannte hinaus. Der Kampf war bereits zu Ende.

Grif war von sechs älteren Jungen – wahrscheinlich Verwandten des Toten – überfallen worden, die leichtes Spiel mit ihm zu haben glaubten. Er hatte den beiden ersten die Köpfe zusammengeschlagen und den nächsten mit einem Kinnhaken außer Gefecht gesetzt. Grif kniete jetzt auf der

Kehle des vierten Jungen und drehte dem fünften ein Bein auf den Rücken. Der sechste versuchte zu fliehen, und Grif tastete nach seinem Messer, um ihn daran zu hindern.

»Nein, nicht das Messer!« rief Jason ihm zu und gab dem letzten Jungen einen gutgezielten Tritt. »Wir können keine zweite Leiche brauchen!«

Grif stand auf und beobachtete seine Gegner, die nach verschiedenen Richtungen davonkrochen. Er hatte selbst nur ein blaues Auge davongetragen und sich einen Jackenärmel zerrissen. Jason sprach beruhigend auf ihn ein und führte ihn ins Zelt, wo Meta eine kalte Kompresse auf sein Auge legte.

Jason verschnürte den Eingang und betrachtete nachdenklich die beiden Pyrraner, die noch immer wütend und erregt waren.

»Na, jedenfalls kann niemand bestreiten, daß ihr einen starken ersten Eindruck hinterlassen habt«, meinte er.

8

»Ich spreche mit Temuchins Stimme, denn ich bin Ahankk, sein erster Befehlshaber«, sagte der Krieger, der eben Shanins Camach geöffnet hatte.

Jason brach mitten in einem Lied ab und drehte sich nach dem Fremden um, der diese willkommene Unterbrechung verursachte. Der Neuankömmling war offensichtlich ein hoher Offizier, denn sein Helm und sein Brustharnisch waren mit einigen Edelsteinen besetzt. Er blieb mit einer Hand am Schwert vor Shanin stehen.

»Was will Temuchin?« erkundigte Jason sich und griff selbst ans Schwert, weil ihm das Auftreten des anderen mißfiel.

»Er will den Jongleur Jason hören. Er soll sofort mitkommen.«

Shanin schüttelte den Kopf. »Er singt jetzt für mich. Wenn er fertig ist, kann er zu Temuchin gehen. Sing weiter«, befahl er Jason.

Aber Temuchins Abgesandter wußte, wie Nomadenhäuptlinge zu überzeugen waren. Er stieß einen schrillen Pfiff aus; daraufhin kamen zehn Krieger mit schußbereiten Bogen ins Zelt. Shanin war überzeugt.

»Ich kann sein Gekrächze nicht mehr hören«, behauptete er und wandte sich gähnend ab. »Verschwindet jetzt!«

Jason verließ den Camach mit dieser Ehrengarde und ging auf sein eigenes Zelt zu. Der Offizier hielt ihn zurück. »Temuchin wartet auf dich. Hierher!«

»Nimm die Hand von meiner Brust«, zischte Jason so leise, daß die Soldaten ihn nicht hören konnten. »Ich muß mich umziehen und eine neue Saite auf meine Laute spannen.« Gleichzeitig hielt er den Daumen des anderen fest und drückte ihn mit aller Kraft zusammen. Der Offizier mußte das Gefühl haben, in einer Daumenschraube zu stecken; er versuchte sich zu wehren, gab den Versuch auf und nickte kurz.

»Gut, wir gehen zuerst zu deinem Camach, damit du etwas anderes als diese Lumpen anziehen kannst«, befahl er laut.

Jason ließ den Daumen los und ging neben Ahankk her, so daß er ihn beobachten konnte. Der Offizier warf ihm von Zeit zu Zeit einen haßerfüllten Blick zu, während er sich den schmerzenden Daumen rieb. Jason war sich darüber im klaren, daß er sich einen Feind gemacht hatte, aber das war nicht zu vermeiden gewesen, weil er zuerst seinen Camach aufsuchen mußte.

Sie hatten Temuchins Lager bereits vor einer Woche erreicht, und Jason hatte die kurzen Tage dazu benützt, möglichst viel über die Sitten und Gebräuche der Nomaden in Erfahrung zu bringen, um nicht mehr aufzufallen. Tecca hatte ihm Nasenpfropfen mitgegeben, die seine Nase veränderten, und er hatte ein Haarwuchsmittel benützt, um sich einen buschigen Schnurrbart wachsen zu lassen. Trotzdem fragte er sich jetzt, ob Temuchin ihn etwa wiedererkennen würde. Was mochte der Kriegsherr von ihm gehört haben?

»Auf, ihr Faulpelze!« rief Jason am Eingang des Camachs. »Der große Temuchin wünscht mich zu sehen, und ich muß mich umziehen.« Meta und Grif starrten ihn nur an, ohne eine Bewegung zu machen.

»Los, tut gefälligst etwas«, fügte Jason in ihrem eigenen Dialekt hinzu. »Lauft herum, bietet dem Kerl einen Drink an und lenkt ihn von mir ab.«

Ahankk nahm den Becher entgegen, ließ Jason aber trotzdem nicht aus den Augen.

Jason öffnete seine Stahlkiste, nahm eine andere Pelzjacke heraus und versteckte gleichzeitig einen kleinen Gegenstand im Mund.

»Hört zu«, rief er Meta und Grif zu, »ich kann mich dieser ehrenvollen Einladung Temuchins nicht entziehen. Ich trage ein Dentiphon, und die beiden anderen liegen oben in der Kiste. Legt sie an, sobald wir verschwunden sind. Bleibt in Verbindung mit mir und nehmt euch in acht. Ich weiß nicht, was mich erwartet, aber falls es Schwierigkeiten gibt, möchte ich wenigstens mit euch Verbindung haben. Vielleicht müssen wir schnell eingreifen.«

Er schlüpfte in die neue Jacke und brüllte die beiden an: »Los, beeilt euch, gebt mir die Laute! Wenn ich zurückkomme und nicht alles in bester Ordnung vorfinde, bekommt ihr beide Prügel!« Damit stapfte er hinaus.

Sie ritten in aufgelockerter Formation durchs Lager. Vielleicht war es wirklich nur Zufall, daß Jason auf allen Seiten von Kriegern umgeben war. Vielleicht. Was hatte Temuchin von ihm gehört? Warum wollte er ihn sprechen? Jason versuchte eine Erklärung dafür zu finden und hatte noch keine gefunden, als sie vor dem großen schwarzen Camach hielten, in dem Temuchin residierte.

Dann fiel ihm ein, daß er die Verbindung zu Meta noch nicht überprüft hatte. Er schaltete den winzigen Sender ein, der in seinem Mund an einem oberen Backenzahn saß, und flüsterte fast unhörbar: »Wie hört ihr mich?« Das Gerät war mit einem automatischen Lautstärkeregler ausgerüstet, so daß es keinen Unterschied machte, ob er flüsterte oder schrie.

»Laut und klar«, antwortete Metas Stimme in seinem Ohr. Die Schallwellen wurden durch die Knochen ins Ohr übertragen.

»Vorwärts!« brüllte Ahankk und schleppte Jason am Arm durch ein Spalier von bewaffneten Kriegern in das große Zelt. Jason riß sich endlich los und ging allein auf den Mann zu, der in der Mitte des Camachs auf einem Thron saß. Zum Glück wandte Temuchin sich eben ab, um mit einem Offizier zu sprechen, sonst wäre ihm Jasons erstaunter Blick aufgefallen, mit dem dieser den Thron betrachtete, der aus einem Traktorensitz bestand.

Temuchin drehte sich wieder um und warf Jason einen prüfenden Blick zu. Der Jongleur verbeugte sich tief und hatte plötzlich das Gefühl, die Nasenpfropfen und der Bart seien doch eine recht kümmerliche Verkleidung. Jason richtete sich auf und stellte fest, daß Temuchin ihn noch immer anstarrte. Wollte er angesprochen werden – oder war es falsch, in seiner Gegenwart das Wort zu ergreifen?

»Du hast mich holen lassen, großer Temuchin. Ich fühle mich geehrt.« Jason verbeugte sich nochmals. »Ich soll für dich singen, nicht wahr?«

»Nein«, antwortete Temuchin eisig.

»Keine Lieder?« fragte Jason erstaunt. »Was kann ein armer Wanderer dem Herrscher der Menschen sonst geben?«

»Auskünfte«, erklärte Temuchin ihm kurz. Im gleichen Augenblick summte das Dentiphon, und Metas Stimme sagte. »Schwierigkeiten, Jason. Vor dem Zelt stehen Bewaffnete. Wir sollen herauskommen, sonst bringen sie uns um.«

»Alle Jongleure lernen und lehren. Womit kann ich dienen?« Dann flüsterte er: »Keine Pistolen! Wehrt euch – ich schicke Hilfe.«

»Was war das?« Temuchin beugte sich drohend vor. »Was hast du geflüstert?«

»Nur ... nur eine Angewohnheit, mächtiger Herrscher. Ich wiederhole meine Lieder, damit ich sie nicht vergesse.«

Temuchin lehnte sich zurück und runzelte die Stirn. Er schien nicht viel von Leuten zu halten, die während einer Audienz Lieder aufsagten. Jason hielt ebenfalls nichts davon. Aber wie sollte er Meta und Grif helfen?

»Die Männer brechen ein!« flüsterte ihre Stimme in seinem Ohr.

»Erzähl mir von den Pyrranern«, forderte Temuchin ihn auf.

Jason begann zu schwitzen. Temuchin hatte offenbar überall seine Spione – oder Shanin hatte davon erzählt. Und inzwischen waren die Verwandten des Toten über Meta und Grif hergefallen. »Die Pyrraner? Sie sind ein Stamm wie jeder andere. Was willst du über sie wissen?«

»Was?« Temuchin sprang auf und zog sein Schwert. »Wagst du es, mir Fragen zu stellen?«

»Jason!«

»Nein, nein!« Jason spürte, daß ihm jetzt der Schweiß noch heftiger ausbrach. »Ich habe mich nur versprochen. Ich wollte nur wissen, was du erfahren möchtest. Ich erzähle dir gern alles, was ich weiß.«

»Viele Männer mit Schwertern und Schilden. Sie greifen nur Grif an.«

»Ich habe noch nie von diesem Stamm gehört. Wo hat er seine Weidegründe?«

»Im Norden ... in den Bergen, in abgeschiedenen Tälern, weißt du ...«

»Grif ist zu Boden gegangen. Ich kann mich nicht allein gegen alle zur Wehr setzen.«

»Was soll das heißen? Was verbirgst du vor mir? Offenbar kennst du Temuchins Gesetz nicht. Belohnungen für jeden, der auf meiner Seite steht. Den Tod für alle, die gegen mich kämpfen. Den langsamen Tod für jene, die mich verraten.«

»Den langsamen Tod«, wiederholte Jason nachdenklich. Er war im Augenblick um Worte verlegen. Draußen waren Schritte und Getrampel von Moropen zu hören. »Hast du das gehört? War das nicht ein Pfiff?«

»Bist du verrückt geworden?« fragte Temuchin unwillig.

»Es war ein Pfiff«, beteuerte Jason und näherte sich dem Ausgang. »Ich muß einen Augenblick hinausgehen. Ich komme gleich wieder zurück.«

Die anwesenden Offiziere und die Soldaten der Leibwache waren nicht weniger verblüfft als Temuchin. Bisher war noch niemand auf die Idee gekommen, den Camach des Herrschers auf diese Weise zu verlassen.

»Ein Augenblick genügt.«

»Halt!« brüllte Temuchin, aber Jason hatte das Zelt bereits verlassen. Der Posten am Eingang zog sein Schwert, aber Jason stieß ihn zur Seite und trat ins Freie. Jason bog eben um die nächste Ecke, als die ersten Verfolger auftauchten. Er hörte ihre Schreie hinter sich, rannte kreuz und quer durchs Lager, bis er die Verfolger abgeschüttelt hatte, die in falscher Richtung weiterliefen, und kehrte zu Temuchins Camach zurück. Der Häuptling ging wütend auf und ab und nahm nur undeutlich wahr, daß jemand hereingekommen war.

»Ha!« rief er. »Habt ihr ihn endlich … du!« Er trat zurück und zog blitzschnell das Schwert.

»Ich bin dein treuer Diener, Temuchin«, versicherte Jason ihm ruhig. »Ich bin gekommen, um dir mitzuteilen, daß nicht alle Stämme deinem Gesetz gehorchen.«

Temuchin ließ das Schwert nicht sinken – aber er schlug auch nicht zu.

»Sprich rasch! Der Tod ist dir sonst sicher.«

»Ich weiß, daß du Fehden zwischen deinen Dienern verboten hast. Trotzdem sind heute Männer in mein Zelt eingedrungen, um meine Dienerin zu töten, die einen Mann getötet hat, von dem sie angegriffen wurde. Ein Vertrauter hat mir diese Nachricht gebracht; da er nicht wagte, Temuchins Camach zu betreten, hat er draußen gepfiffen. Ich habe eben mit ihm gesprochen. Kann ich wie jeder treue Diener mit deinem Schutz rechnen?«

Hinter Jason ertönten Schritte, dann stürmten die Verfolger herein und blieben wie versteinert stehen, als sie Temuchin mit dem Schwert in der Hand vor Jason sahen. Der Häuptling ließ sein Schwert sinken.

»Ahankk!« brüllte er. »Nimm vier Hände Männer und reite zu Shanin vom Stamm der Ratten, um ...«

»Ich kann ihm den Camach zeigen«, warf Jason ein.

Temuchin drehte sich nach ihm um und starrte ihn wütend an. »Noch ein Wort, dann bist du tot.«

Jason nickte nur; er wußte, daß er zu leichtsinnig gewesen war. Temuchin wandte sich an seinen Befehlshaber.

»Reite zu Shanin und befiehl ihm, dich zu denen zu führen, die in Abwesenheit des Jongleurs seine Diener überfallen haben. Bringe alle Überlebenden hierher.«

Ahankk salutierte, als er hinauslief; Temuchin legte mehr Wert auf Gehorsam als auf Höflichkeit.

Temuchin ging mit gerunzelter Stirn in seinem Camach auf und ab, und die Offiziere und Soldaten zogen sich möglichst an die Wände zurück. Nur Jason blieb unbeweglich stehen – selbst als der wütende Mann vor ihm stand und ihm mit der Faust drohte.

»Warum lasse ich das alles mit mir geschehen?« fragte Temuchin zornig. »Warum eigentlich?«

»Darf ich antworten?« erkundigte Jason sich vorsichtig.

»Sprich!« brüllte Temuchin aufgebracht.

»Ich habe Temuchins Gegenwart verlassen, weil dies der einzige Weg war, der Gerechtigkeit zum Sieg zu verhelfen. Dazu war ich nur imstande durch eine Tatsache, die ich dir bisher noch vorenthalten habe.«

Temuchin äußerte sich nicht dazu.

»Jongleure gehören keinem Stamm an und besitzen kein Totem. Das ist recht so, denn sie sollen wandern können, ohne sich einem Stamm verpflichtet zu fühlen. Aber ich muß dir gestehen, daß ich als Pyrraner geboren wurde. Meine Stammesgenossen haben mich ausgestoßen – deshalb bin ich ein Jongleur geworden.«

Temuchin verzichtete darauf, die logische Frage zu stellen, und Jason beantwortete sie, bevor das Schweigen peinlich wurde.

»Ich mußte gehen, weil ich – dieses Geständnis fällt mir schwer – im Vergleich zu anderen Pyrranern ... so schwach und feig war.«

Temuchin schwankte leicht, wurde rot, öffnete den Mund – und lachte schallend. Er lachte noch immer, als er sich auf seinen Thron fallen ließ. Die Zuschauer wußten nicht, was sie davon halten sollten, deshalb schwiegen sie. Jason gestattete sich ein leichtes Lächeln, hielt jedoch ebenfalls den Mund. Temuchin ließ sich einen Becher Achadh reichen, leerte ihn auf einen Zug und lehnte sich zurück. Er lachte nicht mehr, sondern wirkte so eiskalt und beherrscht wie zuvor.

»Das hat mir gefallen«, sagte er. »Ich lache nicht oft. Ich glaube, daß du intelligent bist, vielleicht sogar zu intelligent, und daß du eines Tages daran sterben wirst. Erzähl mir von deinen Pyrranern.«

»Wir leben in Bergtälern im Norden und ziehen nur selten in die Ebene hinab«, begann Jason, der sich diese Geschichte schon vor einiger Zeit überlegt hatte. »Wir töten jeden, der in unsere Täler vordringt. Unser Totem ist der Adler, der uns solche Kräfte verleiht, daß selbst unsere Frauen einen Krieger, der auf den Ebenen großgeworden ist, mit bloßen Händen töten können. Wir haben gehört, daß Temuchin Recht und Gesetz bringen will, deshalb wurde ich ausgeschickt, um diese Nachricht zu überprüfen. Sollte sie zutreffen, wollen wir uns ihm anschließen und ...«

Sie sahen beide auf, als Ahankk und einige Krieger den Camach betraten und ihre Gefangenen hereinschleppten. Jason erkannte einen Verwundeten und einen Mann, der unverletzt geblieben war – beide gehörten zu Shanins Stamm. Meta und Grif wurden ins Zelt getragen und dort zu Boden geworfen. Jason wollte zu ihnen eilen, beherrschte sich gerade noch rechtzeitig und blieb unbeweglich stehen. Er stellte erleichtert fest, daß beide noch atmeten.

»Berichte!« befahl Temuchin, und Ahankk trat vor.

»Wir haben deinen Auftrag ausgeführt, Temuchin. Shanin hat uns zu einem Camach gebracht. Wir haben dort gekämpft. Niemand ist entkommen, aber wir mußten zwei töten, bevor die anderen sich ergaben. Wir bringen zwei Gefangene mit. Die Sklaven leben noch.«

Temuchin rieb sich nachdenklich das Kinn. Jason holte tief Luft und sprach ihn an.

»Darf ich mit Temuchins Erlaubnis eine Frage stellen?«

Temuchin starrte ihn an, runzelte die Stirn und nickte langsam.

»Wie wird Rebellion und Blutrache unter deiner Herrschaft bestraft?«

»Mit dem Tod. Gibt es eine andere Strafe?«

»Dann möchte ich eine Frage beantworten, die du zuvor gestellt hast. Du wolltest wissen, wie wir Pyrraner sind. Ich bin der schwächste Pyrraner. Trotzdem kann ich den unverletzten Gefangenen mit einer Hand und mit einem einzigen Dolchstoß töten – selbst wenn er mit einem Schwert bewaffnet ist. Er scheint ein guter Krieger zu sein, nicht wahr?«

»Allerdings«, meinte Temuchin mit einem Blick auf den kräftig gebauten Mann, der einen halben Kopf größer als Jason war. »Hmmm, keine schlechte Idee.« Er wandte sich an Ahankk und gab ihm einige knappe Befehle.

Wenige Minuten später stand Jason seinem Gegner, der mit einem langen Schwert bewaffnet war, gegenüber und hatte selbst nur sein Messer, das allerdings aus bestem Stahl bestand. Der scheinbar aussichtslose Kampf – die Leibwächter hatten Jason den linken Arm auf dem Rücken festgebunden – dauerte kaum zehn Sekunden. Der Nomade stürzte sich auf Jason, der im letzten Augenblick zur Seite trat und ihm sein Messer in die Brust stieß, bevor der Mann ausweichen konnte.

Jason zog das Messer zurück, sah zu Meta und Grif hinüber, die noch immer unbeweglich auf dem Boden lagen, und nickte zufrieden.

»Zeig mir dein Messer«, verlangte Temuchin.

»Wir haben gutes Eisen in unserem Tal«, erklärte Jason ihm. Er wischte die Klinge an der Jacke des Toten ab. »Daraus machen wir guten Stahl.« Er gab Temuchin das Messer, der es kurz untersuchte und dann seine Leibwache rief.

»Haltet den Verwundeten fest«, befahl er drei Kriegern.

Temuchin ging auf den Gefangenen zu, hob das Messer und ließ es blitzschnell herabsausen.

Ein Seufzen ging durch die Anwesenden, als der Mann zusammensackte.

»Das Messer gefällt mir«, sagte Temuchin. »Ich behalte es.«

»Ich wollte es dir ohnehin schenken«, behauptete Jason, ohne sich anmerken zu lassen, daß dieser Verlust schmerzte.

»Kennt dein Stamm viele dieser alten Geheimnisse?« fragte Temuchin und ließ das Messer fallen, damit es ein Sklave aufheben und säubern konnte.

»Nicht mehr als andere Stämme«, antwortete Jason vorsichtig.

»Außer euch kann niemand so harten Stahl herstellen.«

»Das Rezept wird vom Vater auf den Sohn vererbt.«

»Es könnte noch weitere Geheimnisse geben«, meinte Temuchin vielsagend.

»Vielleicht.«

»Es gibt ein anderes Geheimnis, das manche ›Flammenpulver‹ oder ›Schießpulver‹ nennen. Was weißt du davon?«

Richtig, was weiß ich davon? überlegte Jason sich. Er versuchte zu erkennen, welche Antwort Temuchin erwartete. Was durfte ein Jongleur von diesen Dingen wissen?

Und was sollte Jason ihm erzählen, wenn Temuchin ihm eine Fangfrage gestellt hatte?

9

Meta protestierte nicht, als Jason ihr das schmutzige Gesicht wusch und die zahlreichen Schnittwunden mit Dermaschaum einsprühte. Der Medikasten hatte die Platzwunde am Hinterkopf bereits mit vierzehn Stichen genäht, als sie noch bewußtlos war, und hatte die Naht mit einem Verband bedeckt. Meta war unmittelbar darauf zu Bewußtsein gekommen und hatte die weitere Behandlung klaglos über sich ergehen lassen.

Grif schnarchte auf den Pelzen, aus denen Jason ihm ein Lager bereitet hatte. Der Junge war nur oberflächlich verletzt worden, und der Medikasten hatte ihm ein Schlafmittel gegeben. Jason brauchte sich also nur um Meta zu kümmern.

»Was ist eigentlich passiert?« fragte er sie.

»Wir haben uns gewehrt, so gut wir konnten«, versicherte Meta ihm. »Sie haben uns überrascht, weil sie zuerst nur Grif angegriffen haben, aber das war ein guter Plan. Ich habe drei oder vier getötet, bis ich bewußtlos wurde. Warum sind wir jetzt hier?«

Jason schilderte ihr kurz, wodurch er Temuchin dazu gebracht hatte, seine Krieger in Shanins Lager zu schicken, und fügte hinzu: »Der alte Knabe war gerissen genug, mich gleich nach Schießpulver zu fragen, als er mein Bowiemesser gesehen hatte. Ich habe mich dumm gestellt und behauptet, andere Pyrraner wüßten mehr davon. Das scheint er mir abgenommen zu haben – zumindest vorläufig. Aber wir müssen jetzt zu ihm ziehen; er will uns in der Nähe haben. Morgen früh sagen wir Shanins Ratten ade und schließen uns Temuchin an. Er läßt uns bis dahin von seinen Leuten ›schützen‹, aber ich weiß nicht recht, ob sie uns nicht eher am Fortlaufen hindern sollen.«

»Ich sehe wirklich schrecklich aus!« rief Meta nach einem Blick in den Spiegel.

»Für mich bist du immer hübsch«, versicherte Jason ihr, stellte den Medikasten auf Tiefschlaf und drückte ihn gegen ihren Arm. Als sie eingeschlafen war, deckte er sie und Grif vorsichtig zu. Er hatte Gewissensbisse, weil er eine Frau und ein Kind in diese Umgebung verschleppt hatte. Aber dann fiel ihm ein, daß die Lebensbedingungen hier trotzdem wesentlich besser als auf Pyrrus waren. Ob Meta und Grif ihm später einmal dafür dankbar sein würden? Er wußte es nicht.

Am nächsten Morgen hatten die beiden Pyrraner sich nur soweit erholt, daß sie aus dem Camach stolpern konnten, den Temuchins Soldaten abbauen mußten. Die Männer führten diesen Auftrag nur ungern aus, aber Jason wollte nichts mehr mit Shanins Leuten zu tun haben. Als der Escung endlich beladen war, band er Meta und Grif darauf fest, und der kleine Zug setzte sich unter den finsteren Blicken der versammelten Zuschauer in Bewegung.

In Temuchins Lager gab es genügend Frauen, die das Zelt aufbauen konnten, so daß die Männer danebenstehen und gaffen konnten, wie es ihre Gewohnheit war. Jason hielt sich nicht damit auf, die Arbeit zu überwachen. Das überließ er Meta, denn Temuchin hatte ihm bestellen lassen, er wünsche ihn sofort nach einer Ankunft bei sich zu sehen.

Die beiden Wachtposten am Eingang des Zelts traten zur Seite, als Jason erschien. Offenbar hatte es sich inzwischen herumgesprochen, daß dieser Jongleur etwas Besonderes war. Temuchin stand allein in der Mitte des Zelts; von dem Messer in seiner Hand tropfte rotes Blut. Jason blieb stehen und atmete dann erleichtert auf, als er merkte, daß das Blut von einem Ziegenkadaver stammte, den Temuchin zu Zielübungen benützt hatte.

»Das Messer ist gut ausbalanciert«, stellte Temuchin fest. »Ein gutes Wurfmesser.«

Jason nickte schweigend, denn er wußte, daß er nicht hierher befohlen worden war, um diese Feststellung zu hören.

»Erzähl mir alles, was du über Schießpulver weißt«, forderte Temuchin ihn auf.

»Da gibt es nicht viel zu erzählen.«

Temuchin warf einen Blick auf das Messer in seiner Hand. »Erzähl mir alles. Sofort. Könntest du Schießpulver zum Knallen bringen, anstatt es nur abbrennen zu lassen?«

Jason saß in der Klemme. Wenn Temuchin den Verdacht hatte, er werde belogen, würde er keine Sekunde lang zögern, den Jongleur als Zielscheibe für sein Wurfmesser zu benützen.

Temuchin schien zu wissen, was mit Schießpulver möglich war, deshalb konnte Jason ihn nicht täuschen, sondern mußte etwas riskieren.

»Ich habe noch nie Schießpulver gesehen, aber ich weiß, was darüber erzählt wird. Ich habe gehört, wie man es zur Explosion bringt.«

»Das habe ich mir gedacht.« Temuchin nickte vor sich hin. »Du weißt bestimmt mehr.«

»Viele Menschen haben Geheimnisse, die sie nie verraten wollen. Aber Temuchin ist mein Herr, und ich will ihm in jeder Beziehung behilflich sein.«

»Gut. Vergiß das nicht. Sag mir nun, was du von den Leuten in der Tiefe weißt.«

»Nichts«, antwortete Jason verblüfft.

»Richtig, niemand weiß etwas von den Tiefländern, aber das wird jetzt anders. Ich habe einen Überfall vor, und du begleitest mich. Ich kann etwas Schießpulver brauchen.

Mach dich also bereit – wir brechen mittags auf. Nur du weißt, daß es sich um mehr als einen Jagdausflug handelt. Sei also vorsichtig, damit du nichts verrätst.«

»Ich würde lieber sterben, als ein Wort erzählen!«

Jason kehrte nachdenklich in seinen Camach zurück und erzählte Meta sofort, was er gehört hatte.

»Seltsam«, murmelte Meta mit gerunzelter Stirn.

Jason nickte zustimmend. »Wie will er eine zehn Kilometer hohe Felswand überwinden? Trotzdem kennt er Schießpulver, das nur im Tiefland hergestellt wird. Nun, wir werden ja sehen.« Jason zeigte auf ihr Funkgerät, das im Stahlkasten lag. »Ihr nehmt um Mitternacht Verbindung mit Kerk auf und berichtet ausführlich. Wahrscheinlich seid ihr hier nicht gefährdet, aber falls es Schwierigkeiten gibt, soll er euch herausholen.«

»Nein. Wir bleiben hier, bis du zurückkommst«, versicherte Meta ihm. »Keine Angst, wir wissen, was wir zu tun haben.«

»Richtig«, stimmte Grif zu. »Dieser Planet ist im Vergleich zu Pyrrus ganz harmlos. Nur das Essen ist schlechter.«

Jason sah die beiden an, öffnete den Mund und schloß ihn wieder, weil es wirklich nichts zu sagen gab. Er packte einen Ledersack mit Kleidungsstücken und anderen notwendigen Dingen und versteckte einen winzigen Sender und Empfänger im hohlen Stiel seiner Axt. Jasons Bewaffnung bestand nur aus dieser Axt und einem kurzen Schwert; er hatte es aufgegeben, sich als Bogenschütze zu versuchen, weil er dafür kein Talent hatte. Jetzt hing er sich einen Schild über den linken Arm, winkte Meta zum Abschied zu und ritt davon.

Als er Temuchins Camach erreichte, sah er dort weniger als fünfzig Mann versammelt. Da sie alle normal ausgerüstet waren, konnte der Ausflug nicht lange dauern. Nachdem Jason einige abweisende Blicke registriert hatte, fiel ihm auf, daß er der einzige Außenseiter in dieser Gesellschaft war, die aus hohen Offizieren und Angehörigen von Temuchins Stamm bestand.

»Ich kann auch den Mund halten«, erklärte Jason Ahankk, der nur mit einem kurzen Fluch antwortete. Als Temuchin erschien, brachen sie auf und ritten in Doppelreihen aus dem Lager.

Der Ritt war hart, und Jason stellte dankbar fest, daß sein wochenlanges Training im Sattel sich jetzt bezahlt machte. Die Gruppe ritt zunächst nach Osten davon, aber sobald das Lager hinter einigen Hügeln verschwunden war, schwenkten die Nomaden nach Süden ab und trabten in diese Richtung weiter. Rechts und links von ihnen erhoben sich Berge, während sie ein Tal nach dem anderen durchquerten und dabei immer höher kletterten. Jason litt unter der Kälte, weil die eisige Luft bei jedem Atemzug schmerzte, aber die Barbaren schienen nichts davon zu merken.

Bei Sonnenuntergang wurde hastig eine kalte Mahlzeit eingenommen; dann ging der Ritt weiter. Jason war durchaus damit einverstanden, denn er war während der Rast beinahe am Boden festgefroren. Sie ritten jetzt hintereinander her, und Jason folgte kurze Zeit später dem Beispiel der meisten anderen, die abgestiegen waren, um ihre Moropen auf dem engen Pfad zu führen. Auf diese Weise verschaffte er sich wenigstens etwas Bewegung und erfror nicht im Sattel.

Als sie einen Punkt erreichten, an dem zwei Täler zusammentrafen, sah Jason nach rechts und erkannte verblüfft ein graues Meer, das in einiger Entfernung jenseits der fast senkrecht abfallenden Klippen begann. Ein Meer? Nein, bestimmt nicht – schließlich befanden sie sich in der Mitte eines Kontinents. Und in großer Höhe. Dann fiel ihm plötzlich ein, welches Meer er vor sich hatte: ein Wolkenmeer, auf das er herabsah.

Jason wartete und beobachtete, bis der Pfad nach unten führte. Dann hielt er sein Reittier an, um sich wieder in den

Sattel zu schwingen. Irgendwo vor ihm lag das Ende der Welt. Hier endete der Herrschaftsbereich der Nomaden an den senkrechten Felswänden, die aus der Tiefebene aufstiegen. Der warme Südwind brachte Wolken mit, die an der Klippe nach oben stiegen und in der Kälte abregneten. Jason fragte sich, ob die Menschen dieses Gebiets am Fuß der Felswand jemals die Sonne zu Gesicht bekamen.

Der Pfad führte weiter bergab. Die Gruppe passierte einen schmalen Einschnitt zwischen riesigen Felsbrocken, und Jason wußte, daß das Ziel nicht mehr weit entfernt sein konnte, als er dort zwei Posten Wache halten sah. Kurze Zeit später hielt die Kolonne an. Jason sollte zu Temuchin kommen.

Temuchin kaute langsam auf einem zähen Stück Fleisch herum, und Jason mußte warten, bis der Nomadenführer diesen Leckerbissen mit einem großen Schluck Achadh hinuntergespült hatte. Im Osten wurde es bereits hell; ein neuer Tag brach an.

»Du führst mein Morope«, befahl Temuchin und ging voraus. Jason griff nach den Zügeln des störrischen Tiers und zerrte es hinter sich her. Drei Offiziere folgten ihm. Der Pfad knickte unerwartet scharf ab und endete auf einer großen ebenen Fläche, deren Begrenzung die Klippe bildete. Temuchin ging darauf zu und starrte nachdenklich auf die geschlossene Wolkendecke hinab. Jason interessierte sich mehr für die Maschine.

Das Ding war eine riesige Winde, deren acht Meter langer A-Rahmen mit der Spitze über die Klippe hinausragte. Jason konnte sich vorstellen, wie lange es gedauert haben mußte, bis dieser handgeschmiedete Rahmen fertig war – und bis er hier oben angebracht und abgestützt worden war. Ein schwarzes Seil führte durch eine Rolle an der Spitze des Rahmens und von dort weiter durch eine Öffnung zwischen den Felsbrocken; dort war es auf die Trommel einer großen Winde gewickelt.

Man brauchte kein technisches Genie zu sein, um zu erkennen, welchem Zweck die ganze Apparatur diente. Jason wandte sich an Temuchin und erkundigte sich: »Lassen wir uns mit diesem Mechanismus ins Tiefland abseilen?«

Der Kriegsherr schien ebenfalls nicht allzuviel von der Maschine zu halten.

»Allerdings. Normalerweise würde ich mein Leben lieber anderswo riskieren, aber wir haben keine andere Wahl. Der Stamm, dessen Angehörige diese Maschine erbaut und betrieben haben – übrigens ein Zweig des Wieselstamms –, hat mir versichert, daß Überfälle auf die Tiefländer nur mit Hilfe dieses Ungetüms möglich sind. Die Überlebenden sind hier und bedienen das Ding. Sie werden hingerichtet, falls es Schwierigkeiten gibt. Wir lassen uns zuerst abseilen.«

»Das hilft uns nicht viel, wenn etwas schiefgeht.«

»Der Mensch wird geboren, um zu sterben. Das Leben ist nur ein Hinauszögern des Unvermeidlichen.«

Dazu konnte Jason sich nicht mehr äußern. Er hob den Kopf, als einige Männer und Frauen herangetrieben wurden.

»Tretet zurück und laßt sie arbeiten«, befahl Temuchin, und die Soldaten zogen sich zurück. »Beobachtet sie genau. Wer etwas falsch macht, wird auf der Stelle getötet.«

Die Gefangenen machten sich nach dieser kleinen Aufmunterung an die Arbeit. Sie schienen ihre Sache zu verstehen. Einige von ihnen drehten die große Kurbel; andere stellten die klappernden Sperrklinken ein. Ein Mann kletterte sogar auf den Rahmen hinaus, um das Rad an der Spitze zu schmieren.

»Ich zuerst«, entschied Temuchin und legte das schwere Brustgeschirr aus Leder an. Er wandte sich an Jason. »Du folgst mir, nachdem du mein Morope nach unten geschickt hast. Binde ihm die Augen zu, damit es nicht ängstlich wird. Nach dir kommt wieder ein Morope.« Er sah zu den Offizieren hinüber. »Ihr wißt, was ihr zu tun habt.«

Die Wiesel begannen ihren eintönigen Sprechgesang,

während sie die Kurbel drehten und das Seil auf die Trommel wickelten. Unter Zug gab es nach und dehnte sich, bevor Temuchin in die Luft gehoben wurde. Dann hing er über dem Abgrund und wurde langsam hinabgelassen, sobald die Schwingungen abgeklungen waren. Jason trat an die Klippe vor und sah Temuchin nach, bis er in den Wolken verschwunden war.

Das Seil war etwa alle hundert Meter zusammengeknotet, und die Männer an der Winde arbeiteten vorsichtiger, wenn einer dieser Knoten erschien. Sobald er über das Rad hinweggeglitten war, kurbelten sie wieder schneller. Die Männer und Frauen wechselten sich an der Kurbel ab, ohne ihre Arbeit zu unterbrechen, so daß das Seil sehr gleichmäßig auslief.

»Woraus besteht das Seil?« fragte Jason einen Wiesel, der die Arbeit zu überwachen schien.

»Pflanzen, lange Pflanzen mit Blättern – wir nennen sie Mentri ...«

»Ranken?« vermutete Jason.

»Ja, Ranken. Groß, schwer zu finden. Wachsen an der Klippe. Sie dehnen sich und sind stark.«

»Hoffentlich«, murmelte Jason und griff nach dem Arm des anderen, als das Seil plötzlich wie verrückt auf und ab tanzte. Der Mann machte eine abwehrende Handbewegung.

»Schon gut. Das bedeutet, daß der Mann unten ist. Das Seil bewegt sich dann. Einholen!« befahl er seinen Leuten.

Jason ließ den Mann los, der sich den Arm rieb. Die Erklärung klang vernünftig; das Seil mußte sich bewegen, wenn Temuchins Gewicht plötzlich nicht mehr daran zog. Allerdings konnte sein Körpergewicht nicht viel ausmachen, denn das Seil selbst mußte erheblich mehr wiegen.

»Jetzt das Morope«, verlangte Jason und deutete auf Temuchins Reittier, das mißtrauisch die Klippe beäugte. Die Wiesel zogen ihm einen Sack über den Kopf und banden ihm ein ledernes Traggeschirr um. Das Morope ließ alles geduldig über sich ergehen, bis es spürte, daß es den Boden unter den Füßen verlor; in diesem Augenblick wurde es unruhig und schlug aus. Der Mann, mit dem Jason gesprochen hatte, griff nach einem Hammer mit langem Stiel, rannte auf das Tier zu und traf den Sack an einer Stelle, die zwischen den Augen des Tieres lag, das nun bewegungslos in seinem Traggeschirr hing. Die Männer an der Winde mußten sich anstrengen, um dieses Gewicht über den Abgrund zu hieven.

»Gerade richtig getroffen«, stellte der Mann fest. »Trifft man zu fest, ist er tot. Trifft man nicht fest genug, wacht es zu früh auf und reißt das Seil ab.«

Alles schien zu klappen, und das Seil wurde langsam nachgelassen. Jason döste im Stehen und trat etwas weiter vom Abgrund zurück. Er wachte auf, als die Männer aufgeregt schrien, weil das Seil diesmal so starke Bewegungen ausführte, daß es sogar aus der Rolle sprang.

»Ist es gerissen?« erkundigte Jason sich.

»Nein, alles in Ordnung. Das Morope ist eben gelandet.«

Jason nickte und sah zu, wie einer der Männer auf den Rahmen kletterte, um das Seil wieder in die Rolle zu legen. Dann fiel ihm ein, daß er als nächster an der Reihe war. Er hätte viel dafür gegeben, sich diesem Fahrstuhl nicht anvertrauen zu müssen.

Es begann erschreckend genug. Als sich das elastische Seil über ihm spannte, versuchte er auf dem festen Boden zu bleiben – ohne Erfolg. Das Seil schwankte wild, und Jason warf einen Blick in die Tiefe. Dann hob er rasch wieder den Kopf, sah die Gesichter der Nomaden verschwinden und war plötzlich über dem Wolkenmeer, das unter ihm gegen die gewaltige Felswand zu branden schien.

Jason erkannte nun auch, daß die Stelle, an der die Winde angebracht war, erheblich tiefer als andere Punkte am Rand der Klippe lag. Er vermutete, daß der Boden unter ihm im Gegensatz zum übrigen Tiefland deutlich erhöht lag, denn das Seil durfte nicht beliebig lang sein, wenn es außer seinem eigenen Gewicht noch eine Last tragen sollte. Die Wolken kamen langsam näher, bis er das Gefühl hatte, sie mit den Zehenspitzen berühren zu können. Wenige Sekunden später hüllte ihn dichter Nebel ein, und er versank in einem grauen Nichts.

Jason hätte nie geglaubt, daß er am Ende eines kilometerlangen Seils einschlafen könnte, aber die gleichmäßige Bewegung, seine Müdigkeit und das graue Nichts, das ihn umgab, wirkten einschläfernd. Er ließ den Kopf sinken und begann wenig später zu schnarchen.

Er wachte auf, als es ihm in den Hals regnete. Die Luft war hier unten erheblich wärmer, aber Jason fror trotzdem. Vor seinem Gesicht zog langsam die Felswand vorüber, und als er nach unten sah, glaubte er dort eine Bewegung zu erkennen. Was? Menschen? Freund oder Feind? Er zog seine Streitaxt aus dem Gürtel und hielt sie vorsichtshalber in der Hand. Nun waren bereits einzelne Felsen zu erkennen, die aus dem Gras aufragten. Die Luft war feucht und stickig.

»Mach dich zum Loslassen bereit«, wies Temuchin ihn an, der zwischen den Felsen auftauchte. »Was soll die Axt?«

»Ich wußte nicht, wer mich hier erwarten würde«, erklärte Jason ihm, steckte die Axt in den Gürtel und löste das Brustgeschirr. Als das Seil sich in diesem Augenblick dehnte, war er nur noch einen Meter vom Boden entfernt.

»Loslassen!« befahl Temuchin, und Jason folgte – leider erst, als das Seil bereits wieder zurückschnellte. Er schwebte einen Augenblick lang in der Luft und fiel dann aus drei Meter Höhe zu Boden. Der Schwertknauf bohrte sich schmerzhaft in seine Rippen, aber er war nicht ernstlich verletzt. Das Seil schnellte zurück und verschwand in den Wolken.

»Hierher«, sagte Temuchin und ging voraus, während Jason sich aufraffte. Das Gras war rutschig, und er wäre fast wieder gefallen. Temuchin blieb vor einem großen Felsen stehen und deutete nach oben.

»Von dort aus kannst du am besten beobachten, wann

dein Morope herunterkommt. Wecke mich rechtzeitig. Mein Tier grast dort drüben. Du paßt auf, daß es nicht fortläuft.« Temuchin erwartete offenbar keine Antwort, sondern legte sich an einer relativ trockenen Stelle im Windschatten des Felsens nieder und schlief sofort ein. Jason fluchte leise vor sich hin, während er auf den Felsen kletterte, den Temuchin ihm als Beobachtungsplatz zugewiesen hatte. Dort oben blieb er lange im Regen sitzen, bis er endlich schwere Atemzüge über sich hörte und das Morope erkannte. Er glitt zu Boden und weckte Temuchin, der sofort hellwach war.

»Schnell«, befahl Temuchin mit einem Blick auf das Tier, das sich zu bewegen begann. »Es wacht sonst auf.«

Das Morope sank tiefer, und sie versuchten es festzuhalten, aber es entglitt ihnen wieder. Beim nächstenmal sprang Temuchin ihm auf den Rücken; dieses zusätzliche Gewicht genügte, um wenigstens die Vorderbeine des Tieres zu Boden zu bringen. Jason löste das Traggeschirr und sprang zurück, als das Seil wieder nach oben schnellte.

Der Rest des Tages verlief routinemäßig. Jason wußte nun, was zu tun war, und Temuchin nützte die Gelegenheit, um etwas versäumten Schlaf nachzuholen. Jason hätte ihm gern Gesellschaft geleistet, aber er wußte genau, daß er seinen Auftrag erfüllen mußte. Soldaten und Reittiere landeten in regelmäßigen Abständen, und Jason organisierte den Empfang. Einige Männer bewachten die Tiere, während andere bereitstanden, um Neuankömmlingen beim Aufsetzen zu helfen. Die übrigen schliefen – nur Ahankk nicht, der nach Jasons Meinung die besten Augen hatte und deshalb als Beobachter auf dem Felsen Posten bezogen hatte. Fünfundzwanzig Männer und vierundzwanzig Moropen waren bereits gelandet, als das Ende kam.

Jason und die Soldaten dösten fast, als Ahankk einen heiseren Schrei ausstieß und nach oben deutete. Jason hob den Kopf und erkannte einen dunklen Schatten, der auf ihn herabzustürzen schien. Das war zum Glück nur eine optische Illusion. Das abgestürzte Morope und etwa fünfzig Meter Seil prallten weit vom Landeplatz entfernt auf.

Temuchin brauchte nicht geweckt zu werden. Er war bereits von Ahankks Schrei aufgewacht. »Versteckt das Seil und schirrt vier Moropen an, die den Kadaver fortziehen«, befahl er seinen Leuten. Dann wandte er sich an Jason. »Die Wiesel haben mich gewarnt, daß das Seil nach einiger Zeit reißt, ohne daß dieser Zeitpunkt zu bestimmen wäre. Meistens reißt es unter einer schweren Last.«

»Aber manchmal auch, wenn nur ein Mann daran hängt«, fügte Jason hinzu. »Du wärst ein guter Spieler, Temuchin.«

»Ich bin ein guter Spieler«, erklärte Temuchin ihm gelassen. »Wir haben nur ein Reserveseil, deshalb wird niemand mehr herabgelassen. Das neue Seil ist bereit, wenn wir zurückkommen. Jetzt reiten wir.«

10

»Darf ich fragen, wohin wir unterwegs sind?« erkundigte Jason sich, als die Kolonne sich langsam in Bewegung setzte und zwischen den Hügeln talwärts ritt.

»Nein«, antwortete Temuchin kurz. Damit war der Fall erledigt.

Sie ritten weiter, überquerten unzählige Wasserläufe, die sich zu Bächen und kleinen Flüssen vereinigten, und drangen in ein Gebiet vor, in dem die ersten verkümmerten Bäume wuchsen. Am Spätnachmittag, als sie die letzten Hügel hinter sich ließen, sah die Landschaft bereits anders aus. Vereinzelte Bäume und Buschgruppen bedeckten die Ebene, und in der Ferne war ein größerer Wald zu erkennen. Temuchin hielt bei diesem Anblick an und hob die Hand.

»Schlaft«, befahl er. »Wir reiten in der Abenddämmerung weiter.«

Jason ließ sich das nicht zweimal sagen; er lag bereits im Gras unter einem Busch, als die anderen noch in den Sätteln hockten. Auch sein Morope war von den ungewohnten Anstrengungen dieses Tages so erschöpft, daß es einschlief, ohne vorher zu grasen.

Der Himmel war bereits dunkel, aber Jason bildete sich ein, eben erst die Augen geschlossen zu haben, als Ahankk ihn wachrüttelte.

Sie ritten hintereinander her; Temuchin an der Spitze der Kolonne, Jason als vorletzter. Ahankk bildete die Nachhut, und Jason wußte nur zu gut, wer hier bewacht wurde. Hier hinten war er gut aufgehoben und konnte nichts anstellen – tat er es doch, würde Ahankk dafür sorgen, daß er nicht lange Gelegenheit dazu hatte. Jason ritt schweigend weiter und versuchte möglichst harmlos zu wirken.

Selbst als sie tiefer in den Wald eindrangen, bewegten sie sich völlig lautlos. Die Moropen schnaubten nicht einmal, ihr Zaumzeug knarrte nicht, und die Waffen der Männer klirrten erst recht nicht. Ein geisterhafter Zug durchquerte den Wald in Regen und Dunkelheit. Dann ritten Jasons Vordermänner plötzlich langsamer, und er sah, daß sie eine Lichtung erreicht hatten, an deren Rand ein Gebäude stand.

Die Soldaten waren nur noch wenige Meter davon entfernt, als vor ihnen eine Tür geöffnet wurde. Ein Mann erschien darin; er hob sich deutlich von dem beleuchteten Hintergrund ab.

»Fangt ihn – tötet die anderen!« befahl Temuchin, und die Angreifer stürzten vor.

Jason war nicht weit von der Tür entfernt, aber alle anderen schienen sie vor ihm zu erreichen. Der Mann stieß einen heiseren Schrei aus und wollte die Tür schließen, aber drei Angreifer hielten sie auf und drängten ihn zurück. Diese drei Soldaten warfen sich zu Boden und blieben liegen, bis die Bogenschützen hinter ihnen ihr grausiges Werk vollendet hatten. Als Jason den einzigen großen Raum im Erdgeschoß des Hauses betrat, war der Kampf bereits zu Ende; überall lagen Tote und Sterbende.

Nur ein Mann lebte noch – der Mann, der zuerst auf der Schwelle gestanden hatte. Er war großgewachsen, trug Jacke und Hose aus selbstgewebtem Stoff und setzte sich mit einem langen Stab gegen die Eindringlinge zur Wehr. Ein einziger Pfeil hätte genügt, um ihn zu töten, aber die Barbaren wollten ihn lebend fangen und hatten noch nie mit dieser einfachen Waffe Bekanntschaft gemacht. Einer von ihnen saß bereits auf dem Boden und umklammerte sein linkes Bein; ein zweiter wurde vor Jasons Augen entwaffnet, so daß sein Schwert in die nächste Ecke flog. Der Tiefländer kämpfte mit dem Rücken zur Wand und war deshalb fast unangreifbar.

Jason wußte, wie ihm beizukommen war. Er sah sich um, sah eine Schaufel mit langem Stiel an der Wand stehen und griff danach. Er nahm den Platz des Mannes ein, der eben entwaffnet worden war, benützte die Schaufel wie einen Stab und zwang seinen Gegner dazu, einen Schritt in seine Richtung zu treten. Das genügte bereits.

Ahankk, der mit Jason hereingekommen war, trat von der Seite auf den Mann zu und schlug ihm seine Streitaxt an die Schläfe. Der Farmer sackte bewußtlos zusammen. Jason ließ die Schaufel fallen und griff nach dem Stab; er war fast zwei Meter lang und bestand aus zähem Holz, das an den Enden von Eisenringen zusammengehalten wurde.

»Was ist das?« fragte Temuchin, der den Ausgang des Kampfes beobachtet hatte. »Dieser Stab ist eine einfache, aber wirkungsvolle Waffe«, erklärte Jason.

»Und du kannst mit ihr umgehen? Ich dachte, du wüßtest nichts über die Tiefländer.« Temuchins Gesicht blieb ausdruckslos, aber Jason erkannte, daß er sich eine gute Ausrede einfallen lassen mußte, wenn er nicht zu den übrigen Leichen gelegt werden wollte.

»Ich weiß auch nichts von ihnen. Aber ich habe diese Waffe als Kind kennengelernt. Jeder in … meinem Stamm gebraucht sie.« Er verschwieg allerdings, daß er damit nicht die Pyrraner, sondern die Bewohner seines Heimatdorfs auf Porgorstorsaand meinte. Dort durften nur Adlige und Soldaten Waffen tragen, aber das Volk verließ sich auf den einfachen Stab, der ebenso wirkungsvoll sein konnte.

Temuchin schien mit dieser Erklärung zufrieden zu sein, denn er wandte sich wortlos ab.

Die Nomaden plünderten inzwischen die Farm. Das Vieh hatte seinen Stall unter dem gleichen Dach, und alle Tiere waren umgebracht worden, als die Soldaten ins Haus eindrangen. Wenn Temuchin den Befehl gab, alle zu töten, wurde dieser Befehl genauestens befolgt.

»Fesselt den Gefangenen und bringt ihn her«, sagte Temuchin dann.

Die Soldaten schütteten dem Farmer mehrere Eimer Wasser ins Gesicht, bis er wieder zu Bewußtsein kam. Dann fesselten sie ihm die Hände auf den Rücken und schleppten ihn vor Temuchin.

»Sprichst du die Zwischensprache?« wollte Temuchin von ihm wissen. Als der Farmer etwas Unverständliches antwortete, schlug der Nomadenführer ihm ins Gesicht; der Mann fuhr zusammen, sprach aber im gleichen Dialekt weiter.

»Der Narr kann nicht sprechen«, stellte Temuchin fest.

»Vielleicht verstehe ich ihn«, meinte einer der Offiziere. »Seine Sprache erinnert an die des Schlangenclans im Osten.«

Tatsächlich war eine Verständigung möglich. Der Farmer begriff, daß er ein toter Mann war, falls er sich weigerte, den Fremden zu helfen. Temuchin versprach ihm nichts für seine Hilfe, aber der Tiefländer befand sich in schlechter Verhandlungsposition und stimmte rasch zu.

»Sag ihm, daß wir zu den Soldaten wollen«, befahl Temuchin, und der Gefangene nickte eifrig. Als Farmer betrachtete er Soldaten, die nur kamen, um Steuern einzutreiben, als natürliche Feinde.

»Dort soll es viele Soldaten geben – zwei Hände, vielleicht sogar fünf. Sie sind bewaffnet und leben in einem befestigten Lager. Sie haben Waffen, aber ich werde aus der Beschreibung, die dieser Kerl davon gibt, nicht recht schlau.«

»Fünf Hände Männer«, wiederholte Temuchin langsam. Er lächelte. »Ich habe Angst.«

Die Nomaden brüllten vor Lachen, und Jason sah sich verständnislos um. Das Lachen verstummte sofort, als zwei Soldaten herankamen, die ihre Kameraden stützten. Einer von ihnen hüpfte auf einem Bein heran, um nicht mit dem anderen auftreten zu müssen. Als er vor Temuchin stand, erkannte Jason den Mann, der im Kampf mit dem Farmer am linken Bein verwundet worden war.

»Was hast du?« fragte Temuchin ernst.

»Mein Bein ...«, antwortete der Mann keuchend.

»Zeig es mir«, befahl der Kriegsherr, und das Bein wurde rasch freigelegt.

Die Kniescheibe war zersplittert und hatte an einigen Stellen die Haut durchbrochen. Der Krieger mußte unglaubliche Schmerzen haben, aber er wimmerte nicht einmal. Jason erkannte, daß mehrere komplizierte Operationen nötig gewesen wären, um das Bein wieder beweglich zu machen. Er fragte sich, welches Los dem Verwundeten in dieser barbarischen Umgebung bevorstand.

»Du kannst nicht gehen, du kannst nicht reiten, du kannst nicht kämpfen«, stellte Temuchin fest.

»Das weiß ich«, antwortete der Mann und richtete sich auf. »Aber wenn ich sterben muß, will ich im Kampf sterben und mit meinen Daumen begraben werden. Wenn ich keine Daumen habe, kann ich kein Schwert halten, um in der Unterwelt mit den Dämonen zu kämpfen.«

»So soll es geschehen«, erwiderte Temuchin und zog sein Schwert. »Du warst ein guter Soldat, und ich wünsche dir für kommende Schlachten alles Gute. Ich kämpfe selbst mit dir, denn es ist eine Ehre, von einem Kriegsherrn besiegt zu werden.«

Der Zweikampf war blutiger Ernst, und der Verwundete kämpfte gut. Aber er war zu unbeweglich, so daß Temuchin ihm nach kurzer Zeit sein Schwert ins Herz stoßen konnte.

»Ich habe einen zweiten Verwundeten gesehen«, stellte Temuchin fest. Er hielt noch immer das blutige Schwert in der Hand. Der Mann mit dem gebrochenen Arm trat vor.

»Der Arm heilt von selbst«, behauptete er und wies auf seine Schlinge. »Die Haut ist nicht verletzt. Ich kann reiten und kämpfen, aber keinen Bogen halten.«

»Wir brauchen jeden Mann«, entschied Temuchin. »Du reitest mit uns weiter. Wir brechen auf, sobald dieser Mann begraben ist.« Er wandte sich an Jason.

»Du bleibst jetzt in meiner Nähe«, befahl er ihm. »Wir suchen nach diesem festen Platz, wo es Soldaten gibt. Die Wiesel haben bisher nur einsam gelegene Häuser überfallen, weil sie nicht den Mut hatten, mehr als zwei oder drei Moropen nach unten zu schicken. Aber sie haben auch mit Soldaten gekämpft und dabei Schießpulver erbeutet. Als ich dieses Pulver angezündet habe, ist es nur verbrannt, anstatt zu knallen. Trotzdem schwören die Wiesel, es sei explodiert, und ich glaube ihnen. Sobald wir Schießpulver erbeutet haben, mußt du es zur Explosion bringen.«

»Wird gemacht«, versprach Jason ihm.

Sie ritten bis nach Mitternacht durch den Wald, bevor ihr Gefangener unter Tränen zugab, daß er sich in der Dunkelheit verirrt habe. Temuchin schlug ihn nieder und befahl seinen Männern widerwillig eine Rast bis zum frühen Morgen. Der Regen hatte wieder begonnen, und Jason verbrachte einige ungemütliche Stunden unter tropfenden Zweigen.

Im Morgengrauen ging der Ritt weiter durch den Nebel. Der Gefangene klapperte vor Angst und Kälte, bis sie endlich auf einen Fußpfad stießen, der ihm bekannt vorkam. Dann strahlte er wieder und deutete eifrig nach vorn.

Plötzlich waren dort Stimmen zu hören. Zweige knackten laut.

Temuchins Krieger erstarrten augenblicklich, und er hielt dem Gefangenen sein Messer an die Kehle. Die Stimmen wurden lauter; dann bogen zwei Männer um einen Felsen. Sie gingen einige Schritte weiter, bevor sie merkten, daß sie nicht länger allein waren. Doch dann war es für sie zu spät.

»Was haben sie da in der Hand?« fragte Temuchin.

Jason glitt aus dem Sattel und ging auf den ersten Toten zu. Der Mann trug einen Brustharnisch aus Stahl und einen Stahlhelm; seine übrige Bekleidung unterschied sich kaum von der des Farmers. An seinem Gürtel hing ein kurzes Schwert. Das Ding in seiner Hand war ein primitiver Vorderlader.

»Das ist ein ›Gewehr‹«, erklärte Jason dem Nomadenhäuptling und hob die Waffe auf. »Es wird mit Schießpulver geladen und schleudert ein Stück Metall fort, das tödlich sein kann. Pulver und Ladung werden hier hineingestopft. Zieht man dann diesen Hebel zurück, erzeugt dieser Stein einen Funken, der das Pulver entzündet, so daß die Ladung aus dem Rohr geschleudert wird.«

Als Jason den Kopf hob, stellte er fest, daß Temuchins Krieger ihn mit gezückten Schwertern beobachteten. Er ließ das Gewehr fallen und zog zwei Beutel aus dem Gürtel des Toten. »Das habe ich mir gedacht: einer enthält Kugeln und Stoffetzen, der andere Pulver.« Er reichte Temuchin den kleinen Beutel.

»Das ist nicht viel Schießpulver«, meinte der Nomadenführer enttäuscht.

»Für diese Gewehre braucht man nicht viel. Aber ich bin davon überzeugt, daß es dort mehr gibt, wo diese Männer hergekommen sind.«

»Das glaube ich auch«, stimmte Temuchin zu und ließ

seine Männer weiterreiten, nachdem die beiden Leichen in einem Gebüsch am Weg versteckt worden waren.

Zehn Minuten später erreichten sie den Rand einer großen Lichtung, die an einer Seite von einem Fluß begrenzt wurde. Am Ufer stand ein massives Steingebäude, aus dessen Mitte ein hoher Turm aufragte. Zwei Gestalten waren auf dem Turm zu sehen.

»Der Gefangene sagt, daß hier Soldaten leben«, übersetzte der Offizier.

»Frag ihn, wie viele Eingänge es gibt«, befahl Temuchin.

»Er weiß es nicht.«

»Töte ihn.«

Ein Schwert zuckte herab, und die Leiche wurde ebenfalls versteckt.

»An dieser Seite ist nur eine kleine Tür und eine Anzahl kleiner Öffnungen zu sehen, durch die hinausgeschossen werden kann«, stellte Temuchin fest. »Das gefällt mir nicht. Zwei Männer sollen die Rückseite ansehen und mir dann berichten. Was ist das runde Ding auf der Mauer?«

»Ich weiß es nicht – aber ich kann raten. Es könnte eine Kanone sein, die größere Metallbrocken verschießt.«

»Das habe ich mir gedacht«, sagte Temuchin und runzelte nachdenklich die Stirn. Dann gab er einige kurze Befehle.

Zwei Männer stiegen ab und verschwanden geräuschlos im Unterholz. Sie konnten sich auf kahlen Ebenen verbergen und waren hier im Wald so gut wie unsichtbar. Temuchin wartete schweigend auf ihre Rückkehr.

»Alles wie erwartet«, stellte er fest, als die Späher ihm berichtet hatten. »Der einzige andere Eingang führt zum Fluß und ist ebenso klein. Bei Dunkelheit könnten wir das Fort leicht einnehmen, aber ich will nicht so lange warten. Kannst du mit dieser Waffe umgehen?« fragte er Jason.

Jason nickte zögernd, weil er ahnte, was Temuchin vorhatte – er hatte es bereits erraten, als er zwei Männer mit einem der toten Soldaten zurückkommen sah. Da Jason keine gute Ausrede einfiel, meldete er sich freiwillig für diese Aufgabe, bevor er dazu gezwungen wurde.

Er zog die Uniform des Gefallenen an. Die Blutflecken wurden mit Lehm beschmiert, um sie einigermaßen zu verdecken. Inzwischen regnete es wieder, was Jason nur recht sein konnte. Während er sich umzog, ließ er sich von dem sprachkundigen Offizier immer wieder »Aufmachen – schnell!« vorsagen, bis er die beiden einfachen Worte richtig beherrschte. Nur keine komplizierten Redewendungen! Falls die Besatzung einige Fragen stellte, bevor sie öffnete, war er so gut wie tot.

»Verstehst du, was du alles zu tun hast?« fragte Temuchin.

»Ganz einfach«, antwortete Jason mit gespielter Zuversicht. »Ich nähere mich dem Tor von links, während ihr rechts wartet. Ich rufe den Soldaten zu, sie sollen das Tor öffnen. Sie öffnen es. Ich betrete das Fort und sorge dafür, daß das Tor offenbleibt, bis ihr kommt.«

»Wir beeilen uns.«

»Das weiß ich, aber ich werde mich trotzdem sehr allein fühlen.« Jason blies das Pulver von der Zündpfanne und füllte trockenes Pulver nach. Er wollte wenigstens einmal schießen können. Ein Stück Leder schützte die Pfanne vor Regenwasser.

»Ich kann nur einmal schießen, weil ich nicht nachladen kann«, erklärte er Temuchin. »Und ich halte nicht viel von diesem Schwert. Leihst du mir das Messer, das ich dir geschenkt habe?«

Temuchin nickte wortlos und gab es Jason, der das Messer in den Gürtel steckte. Der Helm fiel ihm fast über die Augen, aber das war ihm durchaus recht. Er wollte sein Gesicht so wenig wie möglich zeigen.

»Geh jetzt«, forderte Temuchin ihn ungeduldig auf. Jason nickte ihm zu und verschwand im Wald.

Bevor er fünfzig Meter gegangen war, hatte ihn das tropfende Unterholz bis auf die Haut durchnäßt. Er stapfte fluchend weiter und fragte sich, wie er dazu gekommen war, diesen verrückten Auftrag anzunehmen, nur um etwas Schießpulver zu erbeuten. Er starrte durch den Regen. Das Fort ragte vor ihm aus dem Dunst auf. Noch zwanzig Meter zu gehen. Er stolperte am Ufer entlang weiter und hätte am liebsten nachgesehen, ob das Pulver in der Zündpfanne seines Vorderladers wirklich noch trocken war; aber das wäre unklug gewesen, deshalb blieb er nicht stehen.

Die beiden Posten auf dem Wachtturm schienen ihn nicht gesehen zu haben; sie ließen sich jedenfalls nichts anmerken. Jason stapfte näher und hielt dabei sein Gewehr umklammert. Nun sah er bereits die grob behauenen Steinquader des Forts, zwischen denen der Mörtel abbröckelte, und das Tor aus dicken Holzbohlen mit eisernen Beschlägen. Er hatte die Mauer schon fast erreicht, als einer der Wächter sich nach vorn beugte und ihm etwas zurief. Jason winkte nur und ging weiter.

Als der Mann nochmals rief, antwortete Jason: »Aufmachen!« Er brüllte das Wort heraus, um einen falschen Akzent zu überdecken. Dann stand er vor dem Tor, wo ihn die Wachtposten nicht mehr sehen konnten. Aus der Schießscharte rechts neben ihm wurde ein Gewehrlauf geschoben.

»Aufmachen – schnell!« rief Jason und schlug mit dem Gewehrkolben ans Tor. »Aufmachen!« Er blieb ans Holz gelehnt stehen, wo ihm keine Gefahr von dem Gewehr drohte, und hämmerte weiter gegen das Tor.

Im Innern des Forts waren Stimmen und Schritte zu hören, aber Jasons Herz schlug so laut, daß es alle anderen Geräusche zu übertönen drohte. Endlich ein willkommenes Gerassel – die Sicherungsketten wurden abgenommen, und Jason hörte, daß sich ein Riegel langsam bewegte. Er spannte den Hahn seines Gewehrs, um sofort schießen zu können. Als das Tor aufschwang, warf er sich dagegen und stieß es völlig auf.

Er bewegte sich weiter und erreichte den offenen Innenhof jenseits des Torbogens. Aus dem Augenwinkel heraus sah er, daß er den Mann hinter dem Tor außer Gefecht gesetzt hatte – er sank jedenfalls zu Boden. Mehr fiel ihm nicht auf, denn er merkte, daß sein eigenes Ende bevorstand.

Ein halbes Dutzend Soldaten standen ihm mit schußbereiten Gewehren gegenüber. Jason stieß einen lauten Schrei aus und stürzte sich auf die Männer, die vor Überraschung zu schießen vergaßen. Bevor er sein Messer zog, feuerte er noch seine Muskete ab und sah, daß ein Gegner in die Brust getroffen zusammensank.

Der Nahkampf war turbulent. Jason schlug dem nächsten Soldaten das Gewehr über den Kopf, trat nach einem anderen und stach blindlings um sich. Einer der Männer fiel gegen ihn, und Jason benützte ihn als Schild, während er die Angreifer abwehrte.

Er spürte einen stechenden Schmerz im Bein und an den Rippen; kurz darauf dröhnte sein Helm von einem schweren Schlag. Jason merkte, daß er fiel, und blieb liegen. Über ihm erschien ein Mann mit gezücktem Schwert; Jason parierte den Hieb und revanchierte sich mit einem Stich, der den anderen schreiend zusammensinken ließ. Inzwischen war der Kampf bereits entschieden.

Ein Nomade landete im Hof. Er mußte aufs Tor zugaloppiert sein und die letzten Meter im Sprung zurückgelegt haben. Jason merkte, daß Temuchin selbst als erster gekommen war. Der rotbärtige Barbar schwang sein Schwert und zwei Angreifer sanken nieder. Damit war der Ausgang des Kampfes gewiß.

Sobald keine unmittelbare Gefahr mehr bestand, raffte Jason sich auf und suchte sich einen sicheren Platz an der Mauer. Sein Kopf dröhnte noch immer, und als er den Helm abnahm, sah er eine tiefe Beule im Metall. Er betastete vorsichtig seinen Kopf; kein Blut – alles in Ordnung. Aber er blutete aus zwei Schnittwunden am Oberkörper und am Bein. Besonders die erste Wunde blutete heftig, aber da er sein Verbandsmaterial in der Satteltasche zurückgelassen hatte, mußte er warten, bis er zu seinem Reittier zurückkam, bevor er die Wunden versorgen konnte.

Als Temuchin im Hof des Forts erschienen war, hatte Jason nicht mehr am Ausgang des Kampfes gezweifelt. Die Soldaten dieser Garnison hatten nie mit Barbaren kämpfen müssen, und ihre primitiven Musketen waren dabei eher hinderlich. Die Besatzung starb, während die Nomaden anscheinend nur einen Gefallenen zu beklagen hatten, der am Tor lag, wo ihn eine Kugel getroffen hatte.

Die Nomaden gingen von einem Gefallenen zum anderen und sammelten ihre Siegeszeichen ein. Temuchin erschien mit einem blutigen Schwert in der Hand im Innenhof und deutete auf die Leichen am Tor.

»Drei davon gehören dem Jongleur«, sagte er zu einem seiner Männer. »Die restlichen Daumen gehören mir.« Der Krieger verbeugte sich und zog seinen Dolch. Temuchin wandte sich an Jason. »Hier gibt es viele Räume mit allen möglichen Dingen. Zeig mir das Schießpulver.«

Jason erhob sich rasch, viel schneller, als er eigentlich wollte, und merkte erst dann, daß er noch immer das Bowiemesser umklammert hielt. Er wischte es an der Kleidung eines Gefallenen ab und streckte es Temuchin entgegen, der es ihm wortlos aus der Hand nahm. Der Nomadenführer ging ins Fort voraus, und Jason bemühte sich, ihm ohne Humpeln zu folgen. Ahankk und ein weiterer Offizier bewachten die Tür eines Lagerkellers. Temuchins Nomaden durften das Fort und die Leichen der Gefallenen plündern, aber hier hatten sie nichts zu suchen. Jason betrat den Raum und blieb am Eingang stehen. Er sah Körbe mit Musketenkugeln, aufgestapelte faustgroße Kanonenkugeln, Musketen, Schwerter und einige Fässer.

»Die Fässer sehen richtig aus«, stellte Jason fest und hielt Temuchin auf, der an ihm vorbeigehen wollte. »Halt, nicht weitergehen! Siehst du die Körner auf dem Boden? So sieht Schießpulver aus, das verschüttet worden ist, und es kann explodieren, wenn man darauf tritt. Ich mache den Weg frei.«

Jede Bewegung schmerzte, aber Jason biß die Zähne zusammen, während er einen meterbreiten Pfad freikehrte. Das offene Faß enthielt tatsächlich Schießpulver. Er ließ die groben Körner durch die Finger rieseln und verschloß das Loch; dann nahm er das Faß behutsam auf und trug es zu Ahankk hinüber.

»Laß es nicht fallen, geh vorsichtig damit um, zünde es nicht an und sieh zu, daß es trocken bleibt«, sagte er dabei. »Und laß neun Männer herunterkommen, die den Rest holen. Sie sollen ebenso vorsichtig damit umgehen.«

Ahankk wandte sich ab, und in diesem Augenblick krachte es draußen. Jason rannte die wenigen Stufen hinauf, sah ins Freie und stellte fest, daß ein großes Stück des Wachtturms fehlte. Die Trümmer fielen in den Schlamm, und der Regen ließ die Staubwolke rasch kleiner werden. Die Mauern des Forts bebten noch, als in der Ferne wieder eine Detonation zu hören war. Einer der Krieger kam laut schreiend durchs Tor gerannt.

»Was sagt er?« fragte Jason.

Temuchin ballte die Fäuste. »Viele Soldaten kommen. Sie schießen ein großes Geschütz ab. Viele Hände Soldaten, mehr als er zählen kann.«

11

Trotzdem gab es keine Panik und kaum Aufregung. Krieg war Krieg, und weder die fremde Umgebung noch der ständige Regen, noch die neuen Waffen konnten die Barbaren aus der Ruhe bringen. Krieger, die ein Raumschiff angreifen, lachen nur verächtlich über Vorderlader.

Ahankk leitete den Abtransport des Schießpulvers, während Temuchin selbst auf den Wachtturm stieg, um den Gegner zu beobachten. Eine Kanonenkugel traf die Mauer unter ihm, aber er blieb unbeweglich stehen, bis er sich ein klares Bild machen konnte. Dann beugte er sich über die Brüstung und rief seinen Männern Befehle zu.

Als Jason aus dem Lagerkeller kam, wo er mit Pulver hantiert hatte, stellte er fest, daß er mit Temuchin allein im Fort war.

»Durch dieses Tor«, befahl Temuchin und wies auf das Tor am Fluß. »Dort sehen uns die Angreifer nicht. Wer Pulver trägt, steigt auf und verschwindet sofort im Wald, wenn ich das Zeichen zum Angriff gebe. Die anderen halten die Soldaten auf und stoßen später wieder zu euch.«

»Wie viele Männer greifen an?« fragte Jason besorgt.

»Viele. Zwei Hände mal die Zahl eines Mannes, wahrscheinlich sogar mehr. Geh jetzt, der Angriff beginnt gleich.«

Also mindestens zweihundert Soldaten, überlegte Jason sich, während er das Fort verließ. Und die Barbaren waren zweiundzwanzig, wenn inzwischen keiner mehr gefallen war. Zehn Männer transportierten das Pulver, Jason begleitete den Transport als Berater; folglich blieben noch elf Krieger übrig, die angreifen konnten. Elf gegen zweihundert. Gute Aussichten.

Dann ging alles blitzschnell. Die Männer mit dem Pulver sprengten davon, als Jason eben erst im Sattel saß, und er mußte sich anstrengen, um mit ihnen Schritt zu halten. Die elf Krieger fielen über die Angreifer her, deren Siegesgeschrei rasch verstummte. Jason drehte sich noch einmal um und sah, daß die Kanone umgestürzt war; dann tauchte er zwischen den Bäumen unter.

Eine Minute später kamen die anderen nach. Sieben Moropen trabten auf den Wald zu. Eines der Tiere trug zwei Reiter. Der Angriff hatte drei Nomaden den Tod gebracht.

»Weiter«, befahl Temuchin. »Wir übernehmen die Nachhut.«

Jason erinnerte sich später nur dunkel an den nun folgenden Ritt. Er hatte seinen Medikasten nicht mitgenommen und wünschte sich jetzt, er hätte es riskiert, denn es erwies sich als fast unmöglich, die beiden Wunden zu verbinden, während er im Sattel hockte. Bevor sie das geplünderte Farmhaus erreichten, schloß die Nachhut zu ihnen auf, und die zwanzig Männer galoppierten erschöpft weiter. Jason hätte sich auf den Waldwegen im Nebel bald hoffnungslos verirrt, aber die Nomaden besaßen einen besseren Blick für Einzelheiten des Geländes und strebten unbeirrbar ihrem Ziel zu. Die Moropen waren entkräftet und mußten mit den Sporen vorangetrieben werden.

Als sie den Fluß erreichten, dem sie auf dem Hinweg einige Meilen weit gefolgt waren, ließ Temuchin die Kolonne anhalten.

»Steigt hier ab«, befahl er seinen Männern, »und nehmt nur die wichtigen Dinge aus den Satteltaschen. Wir lassen die Tiere hier. Kommt nacheinander zur Baumgruppe dort drüben am Ufer.« Er ging voraus und führte sein Morope.

Jason war vor Erschöpfung und Müdigkeit zu benebelt, um zu erkennen, was Temuchin beabsichtigte. Als er endlich an der Reihe war und mit seinem Reittier die Baumgruppe erreichte, stellte er überrascht fest, daß dort zwölf oder fünfzehn Männer am Ufer standen – aber kein einziges Morope.

»Hast du alles, was du brauchst?« fragte Temuchin, griff nach den Zügeln und zog Jasons Morope zu sich heran ans Ufer. Als Jason nickte, zog er dem Tier das scharfe Bowiemesser durch die Kehle und trennte ihm mit diesem Schnitt fast den Kopf vom Hals. Er trat zur Seite, um dem Blutstrahl auszuweichen, stemmte einen Fuß gegen das schwankende Tier und stieß es seitlich in den Fluß. Die Strömung trug den Kadaver rasch davon.

»Die Maschine kann kein Morope über die Klippe

heben«, erklärte Temuchin ihm. »Und wir dürfen die Kadaver nicht in der Nähe des Landeplatzes lassen, sonst erwarten uns die Soldaten beim nächstenmal dort. Wir marschieren weiter.« Er sah auf Jasons verwundetes Bein hinab. »Du kannst doch gehen, oder?«

»Natürlich«, versicherte Jason ihm rasch. »Besser als je zuvor. Ich freue mich schon auf den kleinen Ausflug. Wann geht es los?« Er ging so rasch wie möglich davon. »Sobald wir das Schießpulver oben haben, zeige ich dir, wie es benutzt wird«, erinnerte er Temuchin nochmals.

Es war kein angenehmer Ausflug. Die Nomaden rasteten nicht mehr, sondern wechselten sich nur als Träger der Pulverfässer ab. Zum Glück brauchten Jason und die drei anderen Verwundeten nichts zu tragen, aber Jasons Bein schmerzte bei jedem Auftreten heftig, und der Blutverlust hatte ihn geschwächt. Er blieb immer weiter zurück und raffte sich wieder auf. Er wollte nicht das gleiche Schicksal wie die Moropen erleiden.

Stunden oder Tage später erschrak er fast, als er die kleine Gruppe von Männern vor sich hatte, die mit dem Rücken zu einem vertrauten Felsen im Gras hockten.

»Temuchin ist bereits unterwegs«, erklärte Ahankk ihm. »Du kommst als nächster. Die ersten zehn Männer nehmen ein Faß mit.«

»Wunderbar«, murmelte Jason und sackte zusammen. Als er sich einigermaßen erholt hatte, erneuerte er den Verband an seinem Bein und humpelte zum Landeplatz. Das Seil kam herab, und Jason ließ sich willenlos festschnallen und sich das Pulverfaß umhängen. Diesmal machte er sich keine Sorgen, ob das Seil halten würde, sondern schlief augenblicklich ein.

Er schlief noch immer, als er die Winde erreichte und mit dem Kopf an den Eisenrahmen stieß. Oben an der Klippe warteten frische Moropen, und Temuchin erlaubte ihm, allein und ohne das Pulver ins Lager zurückzukehren. Jason ließ sein Reittier so langsam wie möglich gehen, um die Schmerzen gering zu halten, aber als er vor seinem Camach anhielt, mußte er feststellen, daß er nicht mehr die Kraft besaß, allein abzusteigen.

»Meta«, krächzte er, »hilf einem Veteranen.« Er schwankte im Sattel, als sie den Kopf ins Freie steckte, und ließ dann los. Sie fing ihn auf, bevor er den Boden berührte, und trug ihn ins Zelt.

»Du mußt etwas essen«, sagte Meta streng. »Du hast genug getrunken.«

»Unsinn«, antwortete Jason und leerte seinen Becher. »Ich habe Durst. Der Medikasten hat mir Eisen injiziert, um den Blutverlust wenigstens teilweise wettzumachen. Außerdem bin ich zu müde, um zu essen.«

»Eigentlich brauchst du eine Bluttransfusion.«

»Das ist hier nicht leicht zu verwirklichen. Am besten trinke ich viel Wasser und esse jeden Abend Ziegenleber.«

»Aufmachen!« brüllte jemand vor dem Camach. »Ich spreche mit Temuchins Stimme.«

Meta versteckte den Medikasten und ging zum Eingang. Grif, der am Feuer hockte, hielt plötzlich eine Lanze in der Hand. Ein Soldat steckte den Kopf ins Zelt.

»Du kommst jetzt zu Temuchin.«

»Du kannst ihm sagen, daß ich sofort komme.«

Der Soldat wollte noch etwas hinzufügen, aber Meta stieß ihn zurück und verschloß den Eingang.

»Du kannst nicht gehen«, sagte sie.

»Mir bleibt keine andere Wahl. Wir haben die Wunden genäht, das ist annehmbar, und die Antibiotika sind nicht zu sehen. Das Eisen sickert bereits ins Knochenmark.«

»Das meine ich nicht«, erklärte Meta ihm aufgebracht.

»Ich weiß, aber dagegen können wir nichts unternehmen.« Jason griff nach dem Medikasten. »Ein schmerzstillendes Mittel für mein Bein und ein anderes Mittel, damit ich wach werde. Dieses Zeug kostet mich etliche Jahre meines Lebens, und ich kann nur hoffen, daß jemand meine Bemühungen anerkennt.«

Als er aufstand, hielt Meta ihn an den Armen fest. »Nein, ich lasse dich nicht fort.«

Jason entschied sich für eine andere Taktik; er küßte sie. Grif schnaubte verächtlich und wandte sich ab. Meta ließ die Hände sinken.

»Das gefällt mir nicht, Jason«, meinte sie zögernd. »Ich fühle mich so hilflos.«

»Du kannst viel tun, aber im Augenblick muß ich allein zurechtkommen. Sobald ich Temuchin gezeigt habe, wie man Schießpulver explodieren läßt, verschwinden wir aus seinem Lager und kehren zum Schiff zurück. Ich erzähle ihm, daß ich die Pyrraner holen will – und genau das habe ich vor. Aber das ist noch lange nicht alles ...«

Meta warf ihm einen zweifelnden Blick zu, ließ ihn jedoch wortlos gehen.

Temuchin erwartete Jason in seinem Camach, wo die Pulverfässer säuberlich nebeneinander aufgereiht standen.

»Laß sie explodieren«, befahl er.

»Nicht hier und nicht gleichzeitig, es sei denn, du wolltest den halben Stamm in die Luft jagen. Ich brauche einen Behälter, den ich verschließen kann.«

»Sag mir, was du brauchst, damit ich es bringen lasse.«

Temuchin wollte seine Experimente offenbar mit höchster Geheimhaltung durchführen, was Jason nur recht sein konnte. Der Camach war warm und behaglich; Jason ließ sich auf die Felle zurücksinken und griff nach einer Lammkeule, bis die verlangten Gegenstände gebracht wurden. Als sie endlich vor ihm standen, wischte er sich die Hände an der Jacke ab und machte sich an die Arbeit.

Er schüttelte eine Handvoll Pulver in einen Lederlappen, drehte ihn zusammen und stopfte ihn in einen kleinen Tonkrug, den er mit Lehmbrei verschloß, nachdem er das Pulver zusammengedrückt hatte. Temuchin stand dabei hinter ihm und beobachtete jede Bewegung. Jason stieß eine große Nadel durch den Pfropfen und die Lederhülle bis zum Pulver und stopfte einen ölgetränkten Lappen als Lunte in das Loch. Dann wog er die Bombe prüfend in der Hand.

»Schön, jetzt fehlt nur noch der große Knall«, sagte er zu Temuchin.

Der Nomadenführer stolzierte hinaus, und Jason folgte ihm; er hielt die Bombe in der einen und eine blakende Öllampe in der anderen Hand. Vor Temuchins Camach war der ganze Platz abgesperrt worden, und die Krieger hatten dafür gesorgt, daß die Neugierigen nicht zu nahe kamen. Die Nachricht, daß sich hier etwas Seltsames und Gefährliches ereignen solle, hatte sich wie ein Lauffeuer verbreitet, und die Nomaden waren aus allen Teilen des Lagers zusammengeströmt. Jason legte die Bombe vorsichtig zu Boden und wandte sich an die Menge.

»Bei der Explosion entstehen ein Knall, Rauch und Flammen. Manche von euch wissen, was ich damit meine. Achtung, es geht los!«

Er bückte sich und zündete die Lunte an. Sie brannte langsam genug, so daß er noch einige Sekunden daneben stehenbleiben konnte, um sich zu überzeugen, daß alles in Ordnung war. Erst dann wandte er sich ab und ging zu Temuchin zurück.

Sekunden später kam die große Enttäuschung, als die Lunte rauchte, Funken sprühte und offensichtlich erlosch. Jason wartete noch einige Zeit länger, obwohl die Zuschauer murrten und spöttische Bemerkungen machten. Er hatte keine Lust, sich über die Bombe zu beugen, wenn sie explodierte. Erst als Temuchin nach seinem Messer griff, näherte Jason sich vorsichtig der Bombe und warf einen Blick auf das rauchgeschwärzte Zündloch. Er nickte weise und kehrte zum Camach zurück.

»Die Lunte ist erloschen, bevor sie das Pulver erreicht hat. Wir brauchen ein größeres Loch oder eine bessere

Lunte – und mir ist eben eingefallen, welches Rezept die Lieder der Alten für diesen Fall empfehlen. Ich stelle jetzt eine bessere Lunte her. Laß niemand näher kommen, bis ich zurückkehre.« Bevor Temuchin widersprechen konnte, war Jason im Zelt verschwunden.

Die besten Zünder enthielten Pulver, damit sie selbst unter Luftabschluß brannten. Er brauchte einen Zünder dieser Art. Hier gab es mehr als genug Pulver – aber worin konnte er es einrollen? Papier wäre richtig gewesen; Papier war hier jedoch nicht erhältlich. Oder doch? Jason überzeugte sich davon, daß der Zelteingang gut verschlossen war, bevor er seinen Medikasten aus der Tasche holte. Er hatte ihn trotz des großen Risikos mitgenommen, weil er unter keinen Umständen vor Schwäche ohnmächtig werden wollte.

Er brauchte nur eine Sekunde, um die Nachfüllkammer zu öffnen. Über den Ampullen lag die zusammengefaltete Inspektionsliste, die für Jasons Zwecke gerade groß genug war. Er steckte den Medikasten wieder ein.

Die Herstellung des Zünders war einfach genug, obwohl er praktisch jedes Pulverkorn einzeln einwickeln mußte, damit die Körner nicht zusammenklebten und zu schnell abbrannten. Schließlich rieb er das weiße Papier noch mit Öl und Lampenruß ein. »So, das muß reichen«, murmelte er vor sich hin und trat wieder ins Freie.

Dort sah es inzwischen ungünstig für ihn aus. Die Nomaden machten sich laut über den Versuch lustig, und Temuchin war vor Wut kreidebleich. Die Bombe lag noch immer an der gleichen Stelle. Jason ignorierte die für ihn bestimmten Zurufe und beugte sich über den Tonkrug, um ein größeres Loch in den Lehmpfropfen zu stoßen. Dann steckte er den neuen Zünder in das Loch.

»Diesmal klappt es«, sagte er laut, während er das Papier entzündete.

Funken sprühten, und das Papier brannte mit heller Flamme. Jason stellte sich erschrocken vor, wie das Feuer von einem Pulverkorn zum anderen sprang. Er wandte sich ab und sprang weg.

Diesmal folgte eine eindrucksvolle Explosion. Die Bombe detonierte krachend, und einzelne Trümmer rissen Löcher in die umliegenden Camach oder verwundeten einige der Zuschauer leicht. Jason wurde von der Druckwelle zu Boden geschleudert.

Temuchin war unbeweglich stehengeblieben, aber sein Gesichtsausdruck war jetzt etwas freundlicher als zuvor. Die vereinzelten Schmerzensschreie gingen im allgemeinen Jubel unter. Jason richtete sich vorsichtig auf, betastete seinen Körper und fand keine neuen Verletzungen. Er humpelte zu Temuchin hinüber.

»Kannst du sie größer machen?« wollte der Nomadenführer wissen.

»Bomben gibt es in allen Größen. Ich könnte dir allerdings besser Auskunft geben, wenn ich wüßte, wozu sie dienen sollen.«

Bevor Temuchin antworten konnte, wurde er durch die Ereignisse auf der anderen Seite des Platzes abgelenkt. Eine Anzahl von Männern auf Moropen drängten sich durch die Menge, die nur widerwillig zurückwich. Jason hörte Schmerzensschreie und wütende Ausrufe.

»Wer kommt ohne meine Erlaubnis hierher?« erkundigte Temuchin sich wütend. Als er nach seinem Schwert griff, formierte sich die Leibwache um ihn. Die Zuschauer wichen endlich zur Seite, anstatt sich niederreiten zu lassen, und der erste Fremde erschien auf dem Platz vor Temuchin.

»Was hat den Krach gemacht?« wollte der Reiter wissen. Seine Stimme war ebenso befehlsgewohnt wie Temuchins.

Jason kam diese Stimme sehr bekannt vor.

Es war Kerks Stimme.

Temuchin schritt wütend auf den Eindringling zu; seine Leibwache begleitete ihn. Kerk schwang sich aus dem Sattel; Rhes und die anderen Pyrraner versammelten sich hinter ihm. Die Schlacht konnte jeden Augenblick beginnen.

»Wartet!« rief Jason und trat rasch zwischen die beiden Parteien. »Dies sind die Pyrraner!« erklärte er den Nomaden. »Mein Stamm. Sie sind gekommen, um sich Temuchin anzuschließen.« Aus dem Mundwinkel heraus flüsterte er Kerk zu: »Immer mit der Ruhe! Nicht so stur, sonst werden wir alle massakriert.«

Aber Kerk dachte nicht daran nachzugeben. Er blieb stehen, starrte Temuchin ebenso irritiert an und griff nicht weniger drohend nach seinem Schwert. Temuchin stürmte auf ihn zu, und Jason mußte zur Seite treten, um nicht zwischen den beiden Männern erdrückt zu werden. Temuchin und Kerk standen sich dicht gegenüber.

Die beiden waren sich sehr ähnlich. Der Nomadenführer war größer, aber Kerks breite Schultern wirkten nicht weniger eindrucksvoll. Auch sein Kostüm konnte sich durchaus mit Temuchins messen: er trug einen Adler auf dem Harnisch, und der Schädel des Adlers krönte seinen Helm.

»Ich bin Kerk, Führer der Pyrraner«, verkündete er, ohne sein Schwert loszulassen.

»Ich bin Temuchin, Kriegsherr der Stämme. Vor mir verbeugen sich alle.«

»Pyrraner verbeugen sich vor keinem Menschen.«

Temuchin knurrte wütend und begann sein Schwert zu ziehen. Jason wäre am liebsten davongelaufen. Er stellte sich vor, was nun geschehen würde.

Aber Kerk wußte, was er tat. Er war nicht hierhergekommen, um Temuchin abzusetzen – zumindest nicht gleich –, deshalb griff er nicht nach seinem Schwert. Statt dessen hielt er blitzschnell Temuchins rechtes Handgelenk fest.

»Ich bin nicht gekommen, um mit dir zu kämpfen«, stellte er ruhig fest. »Ich wollte dir ein Bündnis vorschlagen. Wir müssen darüber sprechen.«

Temuchin antwortete nicht, sondern wehrte sich schweigend gegen Kerks Griff. Die Adern an seinem Hals und auf

3·85·2

seiner Stirn schwollen vor Anstrengung an, aber er brachte es nicht fertig, seine Waffe zu ziehen. Dann lächelte Kerk plötzlich leicht – nur Temuchin und Jason, der in der Nähe stand, sahen dieses Lächeln – und schob den Arm des Nomadenführers unaufhaltsam zurück, bis das Schwert sicher am Gürtel hing.

»Ich bin nicht hier, um mit dir zu kämpfen«, wiederholte Kerk kaum hörbar. »Die jungen Männer können ihre Kräfte miteinander messen. Wir sind Führer, die gleichberechtigt verhandeln.«

Er ließ Temuchin unerwartet los, und der andere schwankte, weil seine Muskeln noch angespannt waren. Dann lachte er schallend, warf den Kopf zurück und brüllte vor Lachen. Er holte aus, schlug Kerk krachend auf die Schulter und lachte noch immer.

»Du bist ein Mann nach meinem Herzen!« brüllte Temuchin. »Aber vielleicht muß ich dich doch noch umbringen. Komm in meinen Camach.«

Jason wollte den beiden folgen, aber zum Glück ließ Temuchin ihn draußen warten. Jason beschwerte sich nicht darüber; er stand lieber im eisigen Wind, als dieses Treffen der beiden Männer aus der Nähe zu erleben.

Aus dem Zelt drangen wütende Stimmen, und Jason zuckte zusammen und wartete auf das Ende. Vorläufig geschah nichts. Er schwankte vor Übermüdung und setzte sich auf den kalten Boden. Wieder Stimmengewirr, dann langes Schweigen. Selbst die Wachen wechselten besorgte Blicke.

Die Posten drehten sich um und hoben ihre Lanzen, als hinter ihnen etwas zerriß. Kerk hatte den Zelteingang geöffnet, indem er die Klappe aufriß, ohne vorher die Verschnürung zu lösen. Er achtete nicht auf die herabhängenden Fetzen, ging an den Wachen vorbei, nickte Jason zu und blieb nicht stehen. Jason sah Temuchins wütendes Gesicht am Zelteingang. Ein Blick genügte ihm; er wandte sich ab und folgte Kerk.

»Was ist passiert?« erkundigte er sich.

»Nichts. Wir haben miteinander gesprochen. Keiner wollte nachgeben. Er hat meine Fragen nicht beantwortet, deshalb habe ich mir nicht die Mühe gemacht, auf seine einzugehen. Die Sache steht unentschieden – vorläufig.«

Ihr hättet bis zu unserer Rückkehr warten sollen«, meinte Jason besorgt. »Warum seid ihr gekommen?«

»Warum nicht«, fragte Kerk. »Pyrraner sitzen nicht gern auf einem Berg und spielen Gefangenenwärter. Wir wollten endlich etwas unternehmen. Unterwegs hat es einige Kämpfe gegeben, und die Stimmung ist seitdem merklich besser.«

»Das glaube ich«, antwortete Jason und wünschte sich, er läge in seinem Camach auf dem Rücken.

12

Obwohl der Wind durch alle Ritzen blies und gelegentlich einige Schneeflocken hereintrieb, war das Innere des Camachs behaglich warm. Die elektrische Heizung erzeugte mehr als genug Kalorien, und der starke Drink, den Kerk ihm angeboten hatte, schmeckte Jason wesentlich besser als das scheußliche Achadh. Rhes hatte einen Kasten Fertiggerichte mitgebracht, die Meta jetzt öffnete. Die übrigen Pyrraner bauten ihre Camachs in der Nähe auf und hielten dabei unauffällig Wache. Jason fühlte sich in Temuchins Lager zum erstenmal völlig sicher.

Jason deutete auf Kerks Helm. »Ich sehe, daß ihr tatsächlich dem Adlerclan angehört, aber woher habt ihr die vielen Schädel? Das hat die Einheimischen ziemlich beeindruckt. Ich wußte gar nicht, daß es hier so viele Adler gibt.«

»Wahrscheinlich gibt es sie auch nicht«, antwortete Kerk, »aber wir haben einen geschossen und eine Gußform angefertigt. Alle anderen sind Plastikabgüsse.« Kerk machte eine

Pause. »Jetzt erzählst du uns hoffentlich, wie die Sache weitergehen soll.«

»Geduld«, mahnte Jason. »Das Ganze dauert seine Zeit, aber ich garantiere für Kämpfe, so daß jeder zufrieden sein kann. Ich bin inzwischen nicht untätig gewesen und habe einiges festgestellt.

Temuchin hat die meisten Stämme der Hochebene hinter sich – zumindest die wichtigsten. Er ist ein verdammt intelligenter Bursche und ein geborener Feldherr, der intuitiv die meisten taktischen Grundregeln kennt. Man steht entweder auf seiner Seite oder ist sein Feind; niemand darf neutral bleiben. Obwohl die Nomaden eher dazu neigen, Bündnisse zu wechseln, wann es ihnen gefällt, hat Temuchin sie dazu gebracht, ihm treu zu bleiben.«

Kerk schüttelte den Kopf. »Wenn er die Stämme vereinigt hat, können wir nichts gegen ihn unternehmen.«

»Sollen wir ihn umbringen?« schlug Meta vor.

»Seht ihr, welchen schlechten Einfluß die Barbaren auf dieses unschuldige Mädchen haben?« meinte Jason. »Das klingt natürlich verlockend, wäre aber grundfalsch, weil Temuchin durch einen oder mehrere Führer ersetzt würde. Außerdem hat er noch längst nicht alle Stämme vereinigt – in den Bergen gibt es einige, die stolz auf ihre Unabhängigkeit sind. Sie kämpfen gegeneinander und verbünden sich gegen gemeinsame Feinde. Temuchin will sie unterwerfen, und dann kommt unsere große Chance.«

»Wie?«

»Wir zeigen den Nomaden, daß wir diese Sache besser als er verstehen. Und wir sorgen dafür, daß Temuchin einige Fehler macht. Wenn wir es richtig anfangen, ist Kerk nach Abschluß des Feldzugs mit Temuchin gleichberechtigt. Hierzulande zählt nicht der Ruhm vergangener Taten, sondern nur der Erfolg in jüngster Zeit. Wir alle müssen dafür sorgen, daß Kerk nach oben kommt – nur Rhes nicht.«

»Warum ich nicht?« fragte Rhes erstaunt.

»Du bist für den zweiten Teil des Plans verantwortlich«, erklärte Jason. »Wir haben das Tiefland bisher vernachlässigt, weil es dort keine Erzlagerstätten gibt, aber ich habe während unseres Ausflugs dorthin die Augen offengehalten und außer Schießpulver auch Steinschloßflinten, Kanonen, militärische Uniformen und Mehlsäcke gesehen. Das alles sind eindeutige Beweise.«

»Wofür?« fragte Kerk irritiert.

»Ist das nicht klar? Das alles beweist die Existenz einer recht fortschrittlichen Zivilisation. Chemie, Ackerbau, Zentralregierung, Steuern, Gießereien, Schmieden, Webereien, Färbereien ...«

»Woher weißt du das alles?« erkundigte Meta sich.

»Das sage ich dir heute abend, wenn wir allein sind«, versicherte Jason ihr. »Ich möchte nicht angeben, aber ich weiß, daß ich die richtigen Schlüsse aus meinen Beobachtungen gezogen habe. Dort unten in der Tiefebene gibt es keine Mittelklasse, die unaufhaltsam nach oben drängt, und ich möchte wetten, daß Bankiers und Handelsherren am schnellsten aufsteigen. Rhes muß sich deshalb einen Platz an der Sonne erkaufen. Da er in einer landwirtschaftlich orientierten Zivilisation aufgewachsen ist, kommt er dort unten bestimmt gut zurecht. Und das hier ist sein Schlüssel zum Erfolg.«

Er nahm eine kleine Metallscheibe aus der Tasche, warf sie in die Luft, fing sie auf und gab sie Rhes. »Was ist das?« fragte der Pyrraner.

»Geld. Die Währung des Tieflands. Ich habe die Münze einem toten Soldaten abgenommen. Wir können die Zusammensetzung analysieren und einen Haufen Münzen prägen, die sogar besser als das Original sind. Dann nimmst du sie, etablierst dich als Handelsherr und wartest den nächsten Schachzug ab.«

Rhes betrachtete das Geldstück mißtrauisch. »Und jetzt soll ich wahrscheinlich fragen, woraus dieser Schachzug besteht.«

»Richtig. Du begreifst schnell. Wenn Jason spricht, hören alle anderen zu.«

»Du redest zuviel«, warf Meta ein.

»Ganz recht, aber das ist mein einziges Laster. Der nächste Schachzug besteht daraus, daß Kerk die Nomaden unter seiner Führung vereinigt und sie dazu bringt, Rhes freundlich zu empfangen, wenn er mit seinen Waren nach Norden segelt. Die Klippe ist ein fast unüberwindbares Hindernis, aber ich lasse mir nicht einreden, daß es hier im Norden keinen geeigneten Hafen geben soll. Die Nomaden sind einfach noch nie auf die Idee gekommen, Schiffe oder Boote zu bauen, und die Tiefländer hatten keine Ursache, einen Weg nach Norden zu suchen.

Aber das wird alles geändert. Unter Kerks Führung werden die Händler aus dem Süden freundlich empfangen. Damit beginnt ein neues Zeitalter, denn die Nomaden lernen, was man für ein paar alte Pelze einhandeln kann. Vielleicht können wir sie mit Tabak, Schnaps oder Glasperlen anlocken. Damit ist dann das Eis gebrochen. Zuerst landen die Händler nur mit ihren Waren an der Küste, dann stellen sie einige Zelte auf, um den Schnee abzuhalten. Später folgt eine ständige Ansiedlung und schließlich ein Handelszentrum – genau über unserer Mine. Der nächste Schritt ist wohl offensichtlich.

In der folgenden Diskussion wurde nur über Kleinigkeiten gesprochen; Jasons Plan war über jede Kritik erhaben. Er schien einfach und unkompliziert zu sein und wies allen Rollen zu, die sie gern spielten. Nur Meta hatte etwas daran auszusetzen. Sie hatte dieses primitive Leben allmählich satt, aber sie war eine echte Pyrranerin und schwieg deshalb.

Am nächsten Morgen begann der neue Feldzug. Temuchin hatte seine Befehle am Vorabend gegeben, und das Heer setzte sich bei Tagesanbruch in Bewegung. Frauen, Kinder und alle überzähligen Moropen blieben im Lager zurück;

jeder Krieger brachte seine eigenen Waffen und Verpflegung für sich selbst mit und war für sich und sein Reittier verantwortlich. Der Aufbruch begann ungeordnet, aber die Krieger fanden sich bald in kleinen Gruppen zusammen, die in die gleiche Richtung ritten.

Jason ritt neben Kerk her; die 94 Pyrraner folgten in Doppelreihe. Er drehte sich nach ihnen um. Die Frauen waren zurückgeblieben, und Rhes hatte acht Männer mitgenommen, während die anderen das Schiff bewachen mußten. Folglich blieben 96 Männer übrig, die einen halben Kontinent erobern sollten, den die Nomaden besetzt hielten. Eine fast unmögliche Aufgabe – aber die Pyrraner ließen sich dadurch nicht aus der Ruhe bringen.

Außerhalb des Lagers kam mehr Ordnung in das Gewühl. Boten waren zu allen Stämmen unterwegs gewesen, um ihnen mitzuteilen, daß sie heute aufbrechen sollten. Die Horde versammelte sich. Von allen Seiten strömten Reiter heran, bis die Ebene bis zum Horizont voller Krieger war, die in Gruppen hinter ihren Anführern ritten. Jason erkannte in der Ferne Temuchins schwarzes Banner und machte Kerk darauf aufmerksam.

»Temuchin läßt das Schießpulver auf zwei Moropen transportieren und hat mich aufgefordert, in seiner Nähe zu bleiben. Er hat euch absichtlich nicht erwähnt, aber wir bleiben bei ihm, ob es ihm paßt oder nicht. Nur ich kann mit dem Pulver umgehen – und ich bleibe bei meinem Stamm. Dagegen kann er nichts ausrichten.«

»Das werden wir bald merken«, stellte Kerk fest und trieb sein Morope an. Die Pyrraner folgten ihm, als er auf Temuchin zuritt. Jason wollte sich dem Nomadenführer nähern, um sein Argument vorzutragen, aber das war überflüssig. Temuchin warf den Pyrranern einen kurzen Blick zu und wandte sich ab, ohne Jason zu Wort kommen zu lassen.

»Sieh nach, ob deine Bomben gut festgebunden sind«, befahl er Jason. »Du bist für sie verantwortlich.«

Als die Truppen versammelt waren, formierte Temuchin sie mit Hilfe von Hornsignalen und Winkzeichen zu einer kilometerbreiten Linie und ließ sie auf ganzer Front gleichzeitig vorrücken. Dieser Vormarsch, der im Morgengrauen begonnen hatte, dauerte bis zum frühen Nachmittag ohne Rast und Unterbrechung an. Die ausgeruhten Moropen waren ohne weiteres dazu imstande, doch sie mußten mit Sporen vorangetrieben werden. Das unablässige Geschaukel störte die Nomaden nicht, die praktisch im Sattel aufgewachsen waren, aber Jason war bald wundgeritten und müde. Die Pyrraner ließen sich nicht anmerken, ob ihnen der Ritt etwas ausmachte.

Kleine Trupps ritten dem Heer voraus, und am späten Nachmittag stießen die Invasoren auf die Opfer dieser Vorhut. Zuerst lag nur ein einzelner Mann neben seinem toten Reittier, dann war es eine Familie, die das Unglück gehabt hatte, den Pfad der heranrückenden Armee zu kreuzen. Temuchin führte einen totalen Krieg und ließ kein lebendes Wesen hinter sich zurück. Sein Gedankengang war brutal einfach. Wer Krieg führt, will siegen. Was den Sieg fördert, ist vernünftig. Es ist vernünftig, einen Dreitagesritt in einem Tag zurückzulegen, wenn der Feind dadurch überrascht wird. Es ist vernünftig, unterwegs alle Fremden zu töten, damit sie den Gegner nicht warnen können, und es ist vernünftig, ihr Eigentum zu zerstören, damit die Krieger sich nicht mit Beute beladen können, die nur hinderlich wäre.

Die Wahrheit dieser Überlegungen des Heerführers zeigte sich, als seine Truppen kurz vor Einbruch der Abenddämmerung eine größere Siedlung der Wiesel an den Ausläufern des Gebirges überfielen.

Als die Reiter auf dem letzten Hügel erschienen, wurde im Dorf Alarm gegeben, aber diese Warnung kam zu spät. Die beiden Enden der Schlachtlinie trafen hinter dem Lager zusammen, obwohl Jason gesehen zu haben glaubte, daß einige Moropen in letzter Sekunde entkommen waren. Das überraschte ihn, denn er hätte gedacht, daß Temuchin bessere Arbeit leisten würde.

Der Rest war logisch vorauszusehen. Die Verteidiger wurden mit einem Pfeilhagel überschüttet und schon beim ersten Angriff erheblich dezimiert. Dann folgte die Attacke der Reiter mit eingelegten Lanzen. Die Pyrraner griffen gemeinsam mit den Nomaden an.

Jason wollte sich ihnen nicht anschließen. Er blieb bei den beiden mißmutigen Männern zurück, die seine Bomben zu bewachen hatten, und zupfte die Saiten seiner Laute, während er ein neues Lied für diese Gelegenheit komponierte. Bei Anbruch der Dunkelheit war die Schlacht geschlagen, und Jason ritt langsam durch das zerstörte Lager, wo er einem Reiter begegnete, der nach ihm suchte.

»Temuchin wünscht dich zu sehen. Komm mit«, befahl ihm der Mann. Jason war zu müde und angewidert, um sich eine passende Antwort einfallen zu lassen.

Sie ritten langsam durch das eroberte Lager, und ihre Moropen stiegen vorsichtig über die vielen Leichen hinweg. Jason sah angestrengt geradeaus. Erstaunlicherweise waren nicht alle Camachs verbrannt oder zerstört worden, und Temuchin hielt im größten eine Besprechung ab. Alle Offiziere waren versammelt – nur Kerk fehlte –, als Jason das Zelt betrat.

»Wir beginnen«, verkündete Temuchin und ließ sich mit untergeschlagenen Beinen auf einem Fell nieder. Die anderen warteten, bis er saß, bevor sie seinem Beispiel folgten. »Was wir heute erreicht haben, ist nur ein Anfang. Östlich von hier liegt ein wesentlich größeres Lager der Wiesel, und wir marschieren morgen dorthin, um es anzugreifen. Ich möchte, daß unsere Krieger der Meinung sind, wir wollten das Lager angreifen, und die Späher auf den Hügeln sollen den gleichen Eindruck haben. Einige durften entkommen, damit sie unsere Bewegungen beobachten können.«

Das war also der Grund für die Verzögerung, durch die einigen Nomaden die Flucht gelungen ist, dachte Jason.

Das hätte ich mir eigentlich denken können. Temuchin muß diesen Feldzug bis in alle Einzelheiten geplant haben.

»Heute sind unsere Männer weit geritten und haben gut gekämpft. Alle Krieger, die nicht Wache stehen müssen, dürfen Achadh trinken und die gefundenen Lebensmittel essen. Morgen stehen wir erst spät auf, nehmen die unbeschädigten Camachs mit und zerstören die übrigen. Wir reiten nicht lange und schlagen unser Nachtlager früh auf. Die Camachs werden errichtet, Kochfeuer brennen überall, und unsere Streifen dringen weit bis in die Hügel vor, damit die Späher des Gegners abgehalten werden.«

»Und das ist alles nur ein Trick«, stellte Ahankk grinsend fest. »Wir greifen nicht im Osten an?«

»Richtig.« Die Offiziere beugten sich unwillkürlich vor, als Temuchin weitersprach. »Bei Einbruch der Dunkelheit reiten wir nach Westen, bis wir nach einer Nacht und einem Tag die Schlucht erreichen, die mitten ins Land der Wiesel führt. Wir greifen die Verteidiger mit unseren Bomben an, erobern ihre Befestigungen, bevor Verstärkung eintrifft.«

»Dort kämpft es sich schlecht«, murmelte ein Offizier und betastete eine Narbe am Unterkiefer, die ein Säbelhieb zurückgelassen hatte. »Und es lohnt nicht, dort zu kämpfen.«

»Natürlich gibt es dort nichts zu erbeuten, du Narr!« antwortete Temuchin so wütend, daß der andere zusammenfuhr. »Aber die Schlucht ist der Weg ins Land unserer Feinde. Einige hundert Soldaten können dort eine ganze Armee aufhalten, aber sobald wir dieses Hindernis überwunden haben, sind die Wiesel verloren. Wir vernichten ihre Stämme nacheinander, bis der Wieselclan nur noch in den Liedern der Jongleure existiert. Erteilt jetzt eure Befehle und ruht euch aus. Wir reiten morgen abend und greifen am Tag darauf an.«

Als die anderen hinausgingen, hielt Temuchin Jason am Arm zurück.

»Wie steht es mit den Bomben?« fragte er besorgt. »Explodieren sie wirklich jedesmal?«

»Selbstverständlich«, versicherte Jason ihm zuversichtlich. »Darauf kannst du dich verlassen.«

Er machte sich keine Sorgen wegen der Bomben – er hatte sie bereits erheblich verbessert, ohne Temuchin etwas davon zu erzählen –, aber wegen des bevorstehenden Ritts, der länger als der erste sein würde. Die Nomaden würden ihn schaffen, das stand fest, und die Pyrraner würden ebenfalls durchhalten. Aber er selbst?

Ja, er würde es schaffen. Vielleicht mußte er sich im Sattel festbinden und Aufputschmittel nehmen, aber er würde es schaffen. Er wagte nur nicht, daran zu denken, in welchem Zustand er ankommen würde.

13

»Jetzt dauert es nicht mehr lange! Die Schlucht ist schon in Sicht!« rief Kerk ihm zu.

Jason nickte, aber dann fiel ihm auf, daß sein Kopf ohnehin bei jedem Schritt seines Moropes wackelte. Er versuchte zu antworten, aber aus seiner ausgetrockneten Kehle drang nur ein heiseres Krächzen. Schließlich ließ er das Sattelhorn lange genug los, um zu winken, und umklammerte es sofort wieder. Der Ritt ging weiter.

Der Ritt glich einem Alptraum. Sie waren am vergangenen Abend aufgebrochen, hatten das Lager in kleinen Gruppen verlassen und waren erst außer Sichtweite mit der Hauptstreitmacht unter Temuchin zusammengetroffen. Schon nach wenigen Stunden war Jason vor Übermüdung und Schmerzen fast bewußtlos gewesen und hatte seinen Medikasten gebrauchen müssen. Temuchin hatte erst im Morgengrauen eine kurze Rast befohlen, um die Moropen füttern und tränken zu lassen. Dieser Aufenthalt mochte den Reittieren genützt haben – aber er hatte Jason fast erledigt.

Jason war buchstäblich aus dem Sattel gefallen, als er abzusteigen versuchte, und hatte sich nicht aufrichten können. Kerk stützte ihn und führte ihn im Kreis umher, während ein anderer Pyrraner ihre Tiere versorgte. Jasons Beine wurden endlich wieder beweglich, aber damit begannen auch die Schmerzen, denn seine Oberschenkel waren vom Sattel völlig aufgerieben. Er hatte sich eine kleine Dosis eines schmerzstillenden Mittels und ein Aufputschmittel genehmigt, bevor der Ritt weiterging. Aber er war sich darüber im klaren, daß er mit dem Inhalt des Medikastens sparsam umgehen mußte: die Schlacht würde erst beginnen, wenn dieser Ritt zu Ende war, und er mußte sich die stärksten Mittel für später aufheben, um dann bei klarem Verstand zu sein.

In gewisser Beziehung hatte er allen Grund, stolz auf sich zu sein. Einige Dutzend Reiter hatten dieses mörderische Tempo nicht mithalten können, während er noch immer im Sattel saß. Wer hier aus dem Sattel fiel, weil er einschlief oder bewußtlos wurde, war rettungslos verloren und wurde von den nachfolgenden Moropen zertrampelt.

Wenn die Schlucht tatsächlich vor ihnen lag, durfte er jetzt die Drogen verwenden, die er sich bis jetzt aufgehoben hatte. Jason kniff die Augen zusammen und starrte angestrengt nach vorn. Dort war ein dunkler Einschnitt im hellen Grau der umliegenden Felsen zu erkennen. Die Schlucht, deren Besetzung den Sieg bringen sollte, weil sie ins Innere des feindlichen Gebiets führte. Jason atmete erleichtert auf und drückte den Medikasten gegen seine Handfläche.

Als die Drogen zu wirken begannen, erkannte Jason, daß Temuchin wahnsinnig sein mußte.

»Er läßt zum Angriff blasen!« rief er Kerk zu, als überall Hornsignale ertönten. »Nach diesem langen Ritt …«

»Natürlich«, meinte Kerk gelassen. »Das ist die richtige Methode.«

Die richtige Methode, um Menschen zu töten, dachte Jason erbittert.

Die Reiter strömten über die Ebene auf den Eingang des schluchtartigen Tals zu. Bogenschützen sprangen von ihren Tieren und kletterten die steilen Wände hinauf, um den Vormarsch von dort aus zu unterstützen. Die ersten Gruppen verschwanden zwischen den Felsen. Eine Staubwolke nahm Jason die Sicht, als er sich von den vorrückenden Pyrranern trennte und Temuchin aufsuchte, der ihn zu sich beordert hatte. Die Leibwächter ließen ihn durch.

Temuchin nahm eine Meldung von einem erschöpften Reiter entgegen und wandte sich an Jason. »Hol deine Bomben und mach dich bereit«, wies er ihn an.

»Wozu?« fragte Jason und fuhr rasch fort: »Was soll ich mit ihnen tun? Du brauchst nur zu befehlen, aber ich muß wissen, was ich mit den Bomben tun soll.«

Temuchin nickte langsam. »Der Gegner ist überrascht worden und hat nur die normale Besatzung hier«, erklärte er Jason. »Die unteren Befestigungen sind genommen, und wir kämpfen uns jetzt zu den oberen vor. Diese sind in die Felsen eingelassen und schwer anzugreifen. Die Verteidiger sind dort vor Pfeilen sicher. Unsere Krieger müssen langsam hinter Schilden vorrücken, wenn wir nicht die halbe Armee verlieren wollen. Die oberen Befestigungen lassen sich nicht einfach stürmen.

Bisher sind die Kämpfe immer nach dem gleichen Schema verlaufen. Wir haben eine Befestigung nach der anderen genommen und sind langsam durch die Schlucht vorgedrungen. Aber bevor wir das andere Ende erreicht hatten, waren Verstärkungen des Gegners eingetroffen. Daraufhin mußten wir den aussichtslosen Kampf abbrechen und uns zurückziehen. Aber diesmal wird es anders.«

»Hmm, das kann ich mir vorstellen«, meinte Jason. »Du glaubst, daß meine Bomben die Verteidiger erschrecken und den Angriff beschleunigen könnten?«

»Richtig.«

»Gut, dann fange ich gleich an. Ich brauche jedoch einige Pyrraner, die mir helfen. Sie können weiter und besser werfen als ich.«

»Ich lasse sie holen«, versprach Temuchin.

Als Jason die ersten Bomben von den Tragtieren geladen hatte, trafen die Pyrraner ein – Kerk und zwei weitere Männer.

»Willst du ein paar Bomben werfen?« fragte Jason Kerk.

»Natürlich. Du brauchst mir nur den Mechanismus zu erklären.«

»Ich habe das ursprüngliche Modell etwas verbessert, damit die Handgranaten jedesmal detonieren.« Jason hob eine der primitiven Bomben hoch. »Die Dinger enthalten tatsächlich Pulver, damit sie rauchen und stinken. Die Lunte wird angezündet, dient jedoch nur zur Tarnung; sobald sie qualmt, ziehst du kurz daran. Jede Bombe enthält eine unserer Mikrogranaten, und die Lunte ist mit dem Sicherungsstift verbunden.«

Jason nahm Stahl und Feuerstein aus der Tasche, beugte sich über ein mit Zunder gefülltes Tongefäß und begann eifrig zu schlagen. Als die ersten Funken wieder erloschen, sah er sich vorsichtig um. Keine Nomaden in der Nähe. Er hielt ein Feuerzeug an den Zunder.

»Hier«, sagte er zu Kerk und gab ihm das rauchende Gefäß. »Ich schlage vor, daß du den Topf trägst und die Granaten wirfst. Du kannst bestimmt weiter als ich werfen.«

»Weiter und zielsicherer.«

»Ganz recht, das hätte ich fast vergessen. Ich und die anderen tragen die Granaten und wehren Angriffe ab.«

Sie ließen ihre Reittiere zurück und machten sich zu Fuß auf den Weg in die Schlucht. Nach kurzer Zeit sahen sie die ersten Opfer des Kampfes – verwundete Soldaten, die nach rechts und links aus dem Weg der angreifenden Truppe krochen. Wer das nicht schaffte, wurde von den vorrückenden Horden zertrampelt. Kerk, Jason und die anderen

2·85·2

mußten auf einen schmalen Bergpfad ausweichen. Die Wände der Schlucht wurden steiler. Dann lag plötzlich die erste Befestigung vor ihnen: ein primitiver Steinwall auf einem schmalen Sims. Die Verteidiger waren tot; ihre Körper waren mit Pfeilen gespickt, die Daumen fehlten.

»Wenn die anderen Befestigungen ähnlich aussehen, ist die Sache einfach«, meinte Jason. »Hier sind nur Felsbrocken übereinander aufgetürmt. Eine Granate müßte ein hübsches Loch in den Wall reißen.«

»Du bist zu optimistisch«, stellte Kerk fest und ging voraus. »Das hier sind nur Vorposten. Die eigentlichen Befestigungen kommen erst.«

»Ich versuche mir nur einzureden, daß wir diesen Barbarenkrieg lebend überstehen werden«, erklärte Jason.

Der Pfad, dem sie bisher gefolgt waren, führte in die Schlucht hinab, und sie mußten sich durch die Soldaten einen Weg nach vorn bahnen. Die Wände der Schlucht wurden immer steiler, und Jason konnte sich vorstellen, daß die Verteidiger es hier nicht leicht hatten. Ein Pfeil prallte von den Felsen über seinem Kopf ab und fiel vor seine Füße.

»Wir sind an der Front«, stellte Jason fest. »Bleibt hier, bis ich mich umgesehen habe.« Er kletterte auf den nächsten Felsbrocken, die den Boden der Schlucht füllten, und streckte vorsichtig den Kopf darüber hinaus. In diesem Augenblick wurde sein Helm bereits von einem Pfeil getroffen.

Der Vormarsch war hier zum Stehen gekommen, weil zwei Befestigungen an den Wänden der Schlucht die Angreifer unter Feuer nehmen konnten. Die Verteidiger schossen aus Schießscharten und waren dort fast unverwundbar. Temuchins Krieger erlitten schwere Verluste, weil sie nur von ihren Schilden gedeckt angreifen mußten.

»Die Entfernung beträgt etwa vierzig Meter«, sagte Jason, als er wieder neben Kerk stand. »Kannst du eine dieser Granaten so weit werfen?«

Kerk wog die primitive Bombe prüfend in der Hand. »Natürlich«, antwortete er, »aber ich muß mir die Sache erst selbst ansehen.« Er kletterte zu Jasons Beobachtungspunkt hinauf und kam wieder herunter.

»Das Fort ist größer als die anderen«, stellte er fest. »Wir brauchen mindestens zwei Bomben. Während ich die erste werfe, zündest du die Lunte der zweiten an – ohne den Sicherungsstift zu ziehen – und gibst sie mir, sobald die erste in der Luft ist. Klar?«

»Kristallklar.«

Jason legte die Bomben, die er bisher getragen hatte, hinter den Felsen und behielt nur eine in der Hand. Kerk zündete die Lunte an, blies darauf und trat hinter dem Felsen hervor. Jason entzündete rasch die Lunte der nächsten Bombe und hielt sich bereit. Kerk achtete gar nicht darauf, daß ein Pfeil an ihm vorüberzischte, während ein anderer von seinem Harnisch abprallte. Er machte seelenruhig einen Finger naß und hielt ihn hoch, um die Windrichtung zu prüfen. Jason biß die Zähne zusammen, um den Pyrraner nicht anzubrüllen, er solle endlich werfen.

Weitere Pfeile prallten vom Felsen ab, bevor Kerk endlich den Arm hob. Jason sah, daß er den Sicherungsstift mit einem kurzen Ruck herauszog, bevor er die Handgranate unter Anspannung aller Kräfte warf. Die Bombe stieg hoch in die Luft, beschrieb einen weiten Bogen und fiel genau auf das Fort zu. Jason legte Kerk die nächste in die ausgestreckte Hand, und der Pyrraner warf sie so schnell, daß beide Bomben gleichzeitig in der Luft waren.

Kerk blieb unbeweglich stehen, und Jason folgte seinem Beispiel, obwohl er lieber hinter dem Felsen in Deckung gegangen wäre. Sie beobachteten die beiden schwarzen Punkte, die hinter dem Wall verschwanden. Dann mußten sie einen Augenblick warten – bis plötzlich die gesamte Befestigung zusammenstürzte und in die Schlucht hinabrollte. Jason sah einige Körper durch die Luft fliegen, bevor er hinter dem Felsen vor Splittern Schutz suchte.

»Ausgezeichnet«, meinte Kerk, der jetzt neben ihm stand.

»Hoffentlich sind alle so leicht.«

Aber das war natürlich nicht der Fall. Die Verteidiger hatten bereits erkannt, daß ein Mann, der irgend etwas warf, für die Katastrophe verantwortlich war. Als Kerk wieder ins Freie trat, wurde er von einem Pfeilhagel empfangen.

»Hmmm, das muß überlegt werden«, meinte Kerk und löschte automatisch die brennende Lunte.

»Hast du Angst? Warum hörst du jetzt auf?« erkundigte sich eine wütende Stimme hinter ihm. Temuchin war mit seiner Leibwache an die Front gekommen.

»Vorsicht gewinnt Schlachten, Angst verliert sie. Ich werde diese Schlacht für dich gewinnen«, antwortete Kerk eisig.

»Ist es Vorsicht oder Feigheit, die dich dazu bringt, dich hinter diesem Felsen zu verstecken, anstatt die Befestigungen zu zerstören, wie ich es dir befohlen habe?«

»Ist es Vorsicht oder Feigheit, die dich dazu bringt, hier zu jammern, anstatt deine Männer in den Kampf zu führen?«

Temuchin knurrte heiser und griff nach seinem Schwert. Kerk hob die Bombe, als wolle er sie ihm an den Kopf werfen. Jason holte tief Luft und trat zwischen die beiden Männer.

»Die Sonne geht bereits unter, und wenn die Befestigungen nicht bis Einbruch der Dunkelheit genommen werden, ist es wahrscheinlich zu spät«, stellte er fest und wandte sich dabei an Temuchin, weil er wußte, daß Kerk ihn nicht von hinten angreifen würde. »Die Wiesel könnten Verstärkungen heranholen- und damit wäre unser Angriff abgeschlagen.«

Keiner der beiden Männer bewegte sich, deshalb fuhr Jason rasch fort: »Die Pyrraner und einige andere Soldaten müssen Steine gegen die Befestigungen werfen. Damit richten sie nichts aus – aber die Bogenschützen wissen nicht mehr, wer eigentlich die Bomben wirft.« Jason sprach eindringlich weiter: »Für einen Mann bedeutet es den sicheren Tod, wenn er das konzentrierte Feuer aushalten muß. Aber wenn wir es ablenken, können wir rasch vordringen und haben bei Einbruch der Dunkelheit alle Befestigungen erobert.«

Temuchin ließ sein Schwert sinken. Der Gedanke an sein Heer und die Schlacht, die er gewinnen mußte, war ihm wichtiger als alles andere. Er erteilte rasch seine Befehle.

Nun war der Vormarsch nicht mehr aufzuhalten. Überall tauchten Männer auf und warfen Felsbrocken, die in der Luft nicht von Granaten zu unterscheiden waren. Ein Fort nach dem anderen fiel, und Temuchins Krieger drangen unablässig weiter vor.

»Dort vorn ist die Schlucht zu Ende!« rief Jason Kerk zu und schlug ihm auf die Schulter.

An dieser Stelle war die Schlucht weniger als hundert Meter breit und wurde von zwei hohen Felstürmen begrenzt, die fast senkrecht aus dem Talboden aufstiegen. Durch diesen Spalt war der rötliche Abendhimmel zu sehen. Und sanfte Hügel, denn die steilen Felswände endeten an den Türmen. Wenn Temuchins Horde diese Stelle passiert hatte, war sie nicht mehr aufzuhalten.

Als Jason und Kerk mit weiteren Bomben nach vorn gingen, fiel ihnen auf, daß die meisten Soldaten zurückliefen. Gleichzeitig ertönten schrille Hornsignale.

»Was ist los?« fragte Kerk und hielt einen der Flüchtenden fest. »Was bedeutet der Lärm?«

»Rückzug!« antwortete der Mann und zeigte nach oben. »Siehst du, was ich meine?« Er riß sich los und lief weiter.

Ein riesiger Felsbrocken rollte zu Tal und zermalmte einige Soldaten unter sich. Jason und Kerk sahen jetzt Männer am Rand der Schlucht; sie hoben sich deutlich vor dem Abendhimmel ab, als sie einen Baumstamm unter den nächsten Felsbrocken schoben, um ihn in Bewegung zu setzen.

»Dort drüben auch!« rief Jason. »Sie haben überall Felsen aufgehäuft und lassen sie jetzt herunterrollen. Zurück!«

Jason und Kerk rannten mit den anderen.

Die Verluste waren nicht allzu groß, denn die meisten Männer waren rechtzeitig gewarnt worden. Als der letzte Felsen zur Ruhe gekommen war, zeigte sich, daß die Schlucht zwischen den beiden Felstürmen vollständig abgeriegelt war.

Der Feldzug war offenbar verloren.

14

»Das gefällt mir nicht«, murmelte Kerk. »Ich kann nicht glauben, daß sich dein Plan durchführen lassen soll.«

»Behalte deine Zweifel gefälligst für dich«, flüsterte Jason ihm zu, als sie sich Temuchin näherten. »Es ist bestimmt schwierig genug, ihn zu überreden. Du kannst wenigstens ab und zu mit dem Kopf nicken, als seist du einverstanden.«

»Wahnsinn«, knurrte der Pyrraner.

»Ich begrüße dich, Kriegsherr«, sagte Jason laut. »Ich bin gekommen, um dir zu schildern, wie diese Katastrophe sich in einen Sieg verwandeln läßt.«

Temuchin ließ sich nicht anmerken, ob er verstanden hatte. Er saß unbeweglich auf einem Felsen, hielt sein Schwert umklammert und starrte den gesperrten Engpaß an, der seinen Vormarsch zum Stehen gebracht hatte. Die letzten Strahlen der untergehenden Sonne beleuchteten die Spitzen der Felstürme.

»Der Paß ist jetzt eine Falle«, stellte Jason fest. »Wenn wir Felsbrocken überklettern oder forträumen wollen, werden wir von den Männern erschossen, die dahinter in

Deckung liegen. Bevor wir uns einen Weg bahnen können, sind auf der anderen Seite Verstärkungen eingetroffen. Es gibt allerdings noch eine andere Möglichkeit: von einem der beiden Felstürme aus – der linke ist höher und besser geeignet – könnte man Bomben auf die Verteidiger werfen und sie in Deckung zwingen, bis unsere Soldaten das Hindernis überwunden haben.«

Temuchin sah zu dem Felsen hinüber. »Diese Steilwände kann niemand erklimmen«, behauptete er, ohne Jason anzusehen.

Kerk nickte und öffnete den Mund, um etwas Zustimmendes zu sagen; statt dessen biß er die Zähne zusammen, als Jason ihm den Ellbogen in den Magen rammte.

»Du hast recht. Die meisten Männer könnten diesen Felsen nicht erklettern. Aber wir Pyrraner sind Bergbewohner und können den Felsen leicht ersteigen. Haben wir deine Erlaubnis dazu?«

Temuchin drehte sich nach ihm um. »Fangt meinetwegen an. Ich sehe euch zu.«

»Wir beginnen morgen früh. Wir müssen sehen, wohin wir die Bomben werfen, und wir müssen einige Ausrüstungsgegenstände aus unseren Satteltaschen holen. Aber wir klettern im Morgengrauen hinauf, und die Schlucht gehört am Nachmittag dir.«

Sie spürten Temuchins Blick hinter sich, als sie zu den anderen zurückkehrten. Kerk war verblüfft.

»Von welcher Ausrüstung redest du überhaupt? Das verstehe ich nicht.«

»Das verstehst du nicht, weil du keine Ahnung vom Bergsteigen hast. Zunächst brauchen wir dein Funkgerät, um das Schiff zu rufen, damit die anderen Dinge hergestellt werden. Wir brauchen sie noch in dieser Nacht. Du sorgst dafür, daß unsere Männer soweit wie möglich von den anderen entfernt ihr Lager aufschlagen. Wir müssen uns heimlich entfernen können.«

Jason setzte sich mit dem Wachoffizier der Pugnacious in

Verbindung, der die Liste mitschrieb, die ihm diktiert wurde. Dann ließ Jason sich den ungefähren Lieferzeitpunkt nennen, vereinbarte einen Ort dafür, ließ sich die Aufstellung wiederholen und brach die Verbindung ab. Nach dem Abendessen rollte er sich in seinen Schlafsack und wies die Wachen an, ihn sofort zu wecken, wenn die Pugnacious sich wieder meldete. Der Tag war lang und anstrengend gewesen – aber der nächste würde vermutlich noch anstrengender werden. Er zog sich den Pelz ins Gesicht, damit sich kein Eis an seiner Nase bildete, und schlief augenblicklich ein.

»Verschwinde«, murmelte er und versuchte die Hand fortzuschieben, die seinen Arm umklammerte und ihn wachrüttelte.

»Steh auf«, sagte Kerk. »Wir haben vor zehn Minuten die Nachricht bekommen, daß die Pinasse mit der Ausrüstung gestartet ist. Die Moropen sind bereits gesattelt; wir müssen aufbrechen, sonst kommen wir zu spät.«

Jason richtete sich stöhnend auf. In der eisigen Nachtluft begann er mit den Zähnen zu klappern. Er tastete nach seinem Medikasten.

»Bleib hier«, riet Kerk ihm. »Ich reite allein.«

»Das geht leider nicht«, antwortete Jason. »Ich muß die Ausrüstung überprüfen, bevor die Pinasse wieder startet.«

Zwei Männer trugen ihn zu seinem Morope und hoben ihn in den Sattel. Jason mußte sich krampfhaft festhalten, sonst wäre er gefallen. Sie trabten durch die Nacht, und als sie den vereinbarten Treffpunkt erreicht hatten, wirkten die Drogen allmählich, so daß Jason sich fast menschlich fühlte.

»Die Pinasse landet eben«, sagte Kerk mit dem Funkgerät am Ohr. Irgendwo weit im Osten war ein dumpfes Grollen hörbar, das bestimmt nicht bis ins Lager drang.

»Hast du die Taschenlampe?«

»Natürlich«, antwortete Kerk fast beleidigt. »Ich sollte sie doch mitbringen.«

»Wir brauchen nur ein Zehntel der normalen Lichtstärke«, wies Jason ihn an. »Die Kapsel ist sehr lichtempfindlich und steuert jede Lichtquelle automatisch an, die doppelt so hell wie der hellste Stern …«

»Kapsel gestartet, Entfernung etwa zehn Kilometer«, meldete Kerk.

»Okay, dann schalten wir jetzt die Lampe ein, damit die Fotozellen ein Ziel aufnehmen können.«

»Augenblick, der Pilot sagt eben etwas. Hier, du kannst die Lampe selbst halten.«

Jason hielt die fingerlange Röhre in der Hand, schaltete die Lampe ein und betätigte den Lichtstärkeregler, bis ein scharfgebündelter Strahl zwei Kilometer weit in die Dunkelheit davonschoß.

»Der Pilot sagte, es sei schwierig gewesen, das Nylonseil zu färben. Die Farbe ist sehr fleckig und wahrscheinlich nicht wasserfest.«

»Macht nichts, solange das Seil aus einiger Entfernung wie Leder aussieht. Und ich erwarte keinen Regen. Hast du das gehört?«

Ein leises Summen ertönte über ihnen, dann leuchtete ein schwaches rotes Licht auf, als die Kapsel langsam herabsank. Kerk hob die Hand, betätigte den Landeschalter und ließ die Kapsel neben sich aufsetzen. Jason öffnete die Ladeluke und holte ein zusammengerolltes braunes Seil daraus hervor.

»Perfekt«, stellte er fest und gab es an Kerk weiter. Er griff tief ins Innere der Kapsel und holte diesmal einen Kletterhammer heraus, der aus einem Stahlbrocken handgeschmiedet worden war. Der Hammer war in Säure getaucht und auf diese Weise künstlich gealtert worden.

»Was ist das?« fragte Kerk und hielt eine Art Nagel ins Licht.

»Ein Kletterhaken«, erklärte Jason ihm. »Das ist ein einfacher Haken, aber die Hälfte hat einen Ring am hinteren Ende.« Er hielt einen anderen Haken hoch.

»Damit kann ich nichts anfangen«, gab Kerk offen zu.

»Du brauchst auch nichts damit anzufangen.« Jason leerte den Frachtraum, während er sprach. »Ich klettere auf den Felsturm, und ich weiß, wie man damit umgeht. Nur schade, daß ich keine wirklich moderne Kletterausrüstung mitnehmen darf – aber das würde mich sofort verraten, selbst wenn wir sie an Bord gehabt hätten, was nicht der Fall ist. Es gibt zum Beispiel kleine Sprengsätze, mit denen sich ein Haken auch in härtestes Gestein treiben läßt, und Klebhaken, die in weniger als einer Sekunde antrocknen und eine fast unlösliche Verbindung herstellen.

Aber derartig moderne Ausrüstungsgegenstände dürfte ich nicht benützen, um die Nomaden nicht mißtrauisch zu machen. Immerhin habe ich ein Nylonseil mit mehr als zweitausend Kilogramm Bruchfestigkeit und diese handgeschmiedeten Haken. Das genügt mir. Ich klettere einfach den Felsen hinauf, bis ich keine Tritte mehr finde, und schlage dort den ersten Haken ein. An schwierigen Stellen, wo ich nur mit Seilsicherung klettern kann, benütze ich die Ringhaken.« Er hielt einen grob geschmiedeten Haken hoch.

»Alle Haken bestehen aus bestem Stahl, der hierzulande etwas selten ist. Deshalb sind die untersten Haken, die Temuchin und seine Leute zu Gesicht bekommen, künstlich gealtert worden. Okay, ich habe alles, was ich brauche. Die Pinasse kann sich die Kapsel zurückholen.«

Die Triebwerke wirbelten Sand auf, als die Kapsel in der Nacht verschwand. Jason und Kerk ritten schweigend ins Lager zurück.

Als die Pyrraner am nächsten Morgen bei Tagesanbruch in die Schlucht zurückkehrten, sahen sie, daß hier nachts verzweifelt gekämpft worden war. Die Felsbarriere war noch an Ort und Stelle – aber nun war sie mit Leichen übersät.

Verwundete lagen und hockten außer Reichweite der feindlichen Bogenschützen. Ein blutbefleckter Krieger mit dem Totem des Echsenclans auf dem Helm ließ sich einen Pfeil aus dem Arm schneiden, ohne eine Miene zu verziehen.

»Was ist geschehen?« fragte Jason ihn.

»Wir haben nachts angegriffen«, antwortete der Verwundete. »Wir konnten nicht unbemerkt vorrücken, weil die Felsen unter unseren Füßen herabrollten. Als wir die letzten Felsen vor uns hatten, warfen die Wiesel brennende Grasbüschel auf uns herab und blieben selbst in der Dunkelheit über uns. Wir konnten uns nicht wehren, und nur die Krieger, die noch nicht weit gekommen waren, konnten rechtzeitig umkehren. Es war sehr schlimm.«

»Aber gut für uns«, stellte Kerk fest, als sie weitergingen. »Temuchin hat durch diese Niederlage Ansehen verloren, und falls es uns wirklich gelingt, den Felsen …«

»Schon gut, ich weiß genau, was du sagen wolltest«, wehrte Jason ab. Er zog seinen Pelz aus und zitterte vor Kälte. Aber das gab sich, sobald er zu klettern begann. Der Felsturm sah von unten so unbesteigbar wie der Rumpf eines Raumschiffs aus. Als Jason sich den Kletterhammer am Handgelenk festband, erschien Ahankk neben ihm.

»Ich habe gehört, daß du behauptest, du könntest einen senkrechten Felsen hinaufklettern.«

»Du hast sogar noch mehr gehört«, stellte Jason fest. »Temuchin hat dich beauftragt, mir dabei zuzusehen. Ruh dich also aus, damit du nachher umso schneller laufen kannst, um deinem Herrn die frohe Nachricht zu überbringen.«

Kerk betrachtete den Felsen mit gerunzelter Stirn. »Laß mich hinaufklettern«, sagte er zu Jason. »Ich bin stärker als du und in besserer Verfassung.«

»Richtig«, stimmte Jason zu. »Und sobald ich oben bin, lasse ich dir das Seil herunter, damit du mit einer Ladung Bomben heraufsteigen kannst. Aber du kannst nicht als erster klettern. Bergsteigen ist ein Sport, den man nicht in wenigen Minuten lernt. Vielen Dank für das Angebot, aber ich bin tatsächlich der einzige, der diese Klettertour unternehmen kann. Am besten breche ich gleich auf. Du könntest mich hochheben, damit ich den Vorsprung dort oben erreiche.«

Der Pyrraner nickte zustimmend, bückte sich und hob Jason an den Knöcheln hoch, als sei er ein Kind. Jason fand einen Tritt für seine Füße, griff nach dem Vorsprung und zog sich daran hoch. Die Tour hatte begonnen.

Jason war bereits über zehn Meter hoch, als er den ersten Haken einschlagen mußte. Vier Hammerschläge genügten, um den Haken in einem Spalt zu verkeilen. Dann belastete Jason ihn vorsichtig – immerhin kletterte er heute zum erstenmal seit über zehn Jahren wieder –, trat mit dem linken Fuß darauf, machte einen Spreizschritt und erreichte dadurch ein schmales Band. Dort ruhte er sich einen Augenblick aus und sah nach unten. Die meisten Soldaten beobachteten ihn, und selbst Temuchin war inzwischen erschienen. Auch die Wiesel interessierten sich vermutlich für sein Unternehmen, aber Jason kletterte außer Sicht- und Pfeilschußweite. Die Soldaten des Gegners konnten ihn vom Rand der Schlucht aus beobachten, aber sie konnten ihn nicht erreichen, solange sie den Felsturm nicht erstiegen.

Er kletterte weiter. Die Höhe war schlecht zu schätzen, aber Jason vermutete, daß er mindestens so hoch wie der Rand der Schlucht war, als er den Schrei von unten hörte.

Er beugte sich nach vorn und wollte eine Frage hinunterrufen. In diesem Augenblick traf ein Pfeil die Stelle, an der eben noch sein Kopf gewesen war, prallte vom Fels ab und fiel nach unten.

Jason wäre beinahe auch gefallen, aber er klammerte sich verzweifelt fest. Als er den Kopf zur Seite wandte, sah er einen feindlichen Bogenschützen an einem Lederseil hängen. Die Männer, die das Seil hielten, waren am Rand der Schlucht außer Sicht, aber sie hatten den Bogenschützen über einen Vorsprung herabgelassen, so daß er Jason von dort aus erreichen konnte.

Der Krieger legte einen zweiten Pfeil auf die Sehne und zog den Arm zurück. Jason hielt noch immer den Haken, den er eben hatte einschlagen wollen, in der linken Hand. Jetzt warf er damit nach dem Bogenschützen. Das breite Band traf den Mann an der Schulter, ohne ihn zu verletzen – aber der Schlag genügte, so daß auch der zweite Pfeil sein Ziel verfehlte. Der Schütze nahm jedoch einen dritten Pfeil aus dem Köcher und legte ihn auf die Sehne.

Temuchins Soldaten schossen nach ihm, aber er war schwer zu treffen, weil er so hoch über ihnen hing. Nur ein Pfeil bohrte sich in seinen Oberschenkel. Der Krieger achtete jedoch nicht auf diese Verwundung.

Jason ließ den Hammer los und griff nach einem weiteren Haken; die Haken bestanden aus bestem Stahl und waren nadelspitz. Und er hatte bereits damit geworfen, sodaß er die Entfernung kannte. Er nahm den Haken wie ein Wurfmesser zwischen die Finger, holte aus und warf ihn mit aller Kraft.

Die Spitze traf den Bogenschützen am Hals und drang tief ein. Der Mann ließ seinen Bogen fallen, griff nach der Wunde, streckte sich und starb. Die anderen zogen seine Leiche nach oben.

Temuchins Krieger schrien jetzt nicht mehr wild durcheinander, und Jason hörte Kerks Stimme.

»Halt dich fest!« rief Kerk ihm zu.

Jason sah nach unten und erkannte, daß der Pyrraner, der zwanzig Meter zurückgetreten war, eine der Bomben wurfbereit in der Hand hielt, die er jetzt anzündete. Jason hielt sich mit beiden Händen fest und suchte mit den Füßen nach einem besseren Halt.

Tief unter ihm wichen jetzt die Soldaten nach allen Seiten zurück. Kerk holte aus, bis seine Hand fast den Boden zu berühren schien; dann schleuderte er die Bombe mit einem einzigen Ruck beinahe senkrecht nach oben.

Eine Sekunde lang fürchtete Jason bereits, die Bombe fliege genau auf ihn zu – dann merkte er, daß sie an ihm vorbeifliegen würde. Sie wurde sichtlich langsamer, als sie sich dem höchsten Punkt ihrer Flugbahn näherte, bevor sie hinter den Felsen verschwand. Jason hielt sich fest.

Eine dumpfe Explosion ertönte, dann wirbelten Felsbrocken und Menschenleiber durch die Luft. Jason wußte nun, daß ihm von dieser Seite her keine Gefahr mehr drohte. Kerk würde den Rand der Schlucht beobachten. Aber trotzdem war ihm nicht ganz wohl zumute …

»Kerk!« rief Jason nach unten. »Der Haken!« Er sprach den Dialekt der Pyrraner. »Was ist aus dem ersten Haken geworden?«

Der Haken war auf den ersten Blick fremdartig und würde den Nomaden, die scharf beobachteten, unwiderlegbar beweisen, daß die Fremden von einem anderen Planeten kamen.

»Alles in Ordnung!« antwortete Kerk. »Ich habe ihn gleich aufgehoben und eingesteckt. Bist du verletzt?«

»Nein«, flüsterte Jason. Er holte tief Luft und rief: »Nein! Ich klettere jetzt weiter.«

Alles andere war Routinesache und harte Arbeit. Jason mußte sich zweimal für einige Minuten in einer Seilschlinge ausruhen. Seine Kräfte ließen rasch nach, und er hatte bereits die stärksten Drogen seines Medikastens aufgebraucht, als er den Kamin erreichte, der zur Spitze des Felsturms hinaufführte. Der Kamin war etwa zehn Meter hoch, und die Seitenwände bildeten parallele Flächen.

»Gut, einen letzten Versuch«, murmelte Jason und spuckte dabei in die Hände. Das hätte er nicht tun sollen, denn er mußte sich jetzt das Eis von den Handflächen wischen. Er ließ die Haken und den Hammer am Einstieg zurück und nahm nur das Seil mit. Je weniger Gewicht, desto besser.

Dann stemmte er sich mit den Füßen von der gegenüberliegenden Wand ab, schob sich mit dem Rücken höher und arbeitete sich so Zentimeter für Zentimeter durch den engen Kamin nach oben.

Bevor er sein Ziel erreicht hatte, glaubte er, daß er es nicht schaffen würde.

Aber er erkannte, daß er es schaffen mußte. Er konnte nicht zurück; der Abstieg wäre ebenso gefährlich und schwierig wie der Aufstieg gewesen. Und wenn er abstürzte, würde er sich zumindest einen Arm oder ein Bein am Fuß des Kamins brechen. Hier oben konnte ihn niemand retten. Er würde daliegen und langsam verdursten. Deshalb mußte er weiter.

Als er sich endlich so weit hinaufgeschoben hatte, daß er die schräge Gipfelfläche des Felsturms vor sich hatte, brachte er kaum noch die Kraft auf, sich dort hinaufzuziehen. Er schloß die Augen, holte tief Luft und wälzte sich keuchend auf diese Fläche, die kaum größer als ein Doppelbett war.

Er brauchte einige Minuten, um sich von dieser Anstrengung zu erholen. Dann kroch er an den Rand der Gipfelfläche und winkte den wartenden Männern zu. Sie schrien begeistert.

Hatten sie Grund dazu? Jason kroch zur anderen Seite hinüber und sah das feindliche Lager unter sich. Die Bogenschützen am Rand der Schlucht schossen nach ihm, aber ihre Pfeile erreichten ihn nicht.

Er hatte es geschafft.

»Gut, Jason«, sagte er zu sich selbst. »Du machst jeder Welt Ehre.«

Er verknotete das Seil um die Spitze der Felsnadel und ließ es dann langsam nach unten, bis Kerk daran zog, um ihm zu signalisieren, daß er es in der Hand hielt. Er verkürzte das Seil und ruckte dreimal daran – das vereinbarte Signal, daß hier oben alles in Ordnung war. Dann brauchte er nur noch zu warten. Jason stand erst auf, als das Seil sich heftig bewegte und nach außen von der Felswand abstand. Kerk war dicht unter ihm angelangt; er wirkte keineswegs atemlos, sondern unglaublich frisch, und er hatte sich zwei Dutzend Bomben um den Hals gehängt. Der Pyrraner hatte das Seil einfach in die Hände genommen und war daran die steile Felswand hinaufmarschiert.

»Kannst du mir die Hand geben und mir heraufhelfen?« fragte Kerk.

»Natürlich. Aber brich mir bitte nicht den Arm dabei.« Jason streckte sich der Länge nach aus und griff nach Kerks Hand, deren Finger sein Handgelenk umklammerten. Er machte keinen Versuch, Kerk zu sich heraufzuziehen – wahrscheinlich hätte er dieses Gewicht nicht einmal bewegen können –, sondern hielt sich nur so gut wie möglich an den Felsen fest. Kerk kam näher, hielt sich am Rand fest und schwang sich über die Kante.

»Ausgezeichnet«, meinte er mit einem Blick ins feindliche Lager. »Die anderen haben keine Chance. Ich habe zusätzliche Mikrogranaten mitgebracht.«

Als die Detonationen rasch nacheinander ertönten, griffen Temuchins Krieger über die Felsbarriere hinweg die Wiesel an. Die Schlacht war gewonnen – und der Krieg ebenfalls.

Dieser Teil von Jasons Plan war verwirklicht. Wenn der nächste ebenso klappte, würden die Pyrraner ihre Minen und ihren Planeten bekommen. Dann war ihre letzte Schlacht gewonnen.

Jason hoffte es sehr. Er wurde allmählich müde.

15

Jason dinAlt hielt sein Morope auf dem Hügel an und suchte nach einem Pfad zwischen den riesigen Felsbrocken. Der feuchtkalte Wind pfiff durch diesen einzigen Einschnitt zwischen hohen Klippen und wehte ihm genau ins Gesicht. Weit unter ihm lag das sturmgepeitschte Meer, dessen Wogen unablässig gegen die Küste brandeten. Der Himmel war schiefergrau und von einem Horizont zum anderen mit Wolken bedeckt. Irgendwo über dem Meer grollte Donner.

Zwischen den Felsen war eine Art Pfad schwach erkennbar; Jason trieb sein Reittier an. Nach einigen Metern erkannte er, daß es sich um einen alten, vielbegangenen Weg handelte. Die Nomaden benützten ihn offenbar regelmäßig; vielleicht um Salz zu holen. Von der Pugnacious aus war zu erkennen gewesen, daß dies die einzige Stelle in tausend Kilometer Umkreis war, wo die Klippen unterbrochen waren.

Als Jasons Morope tiefer kletterte, wurde die Luft etwas wärmer, aber die ungewohnte Feuchtigkeit setzte Jason nach dem Leben in der trockenen Luft der Steppen ebenso hart wie große Kälte zu. Schließlich erreichte er eine fast kreisrunde Bucht zwischen hoch aufragenden Felsen. Am Ufer lagen zwei Boote im schwarzen Sand; dicht daneben waren gelbe Zelte aufgebaut. Draußen im Wasser der Bucht lag ein großer Zweimaster, auf dessen Achterdeck ein rauchgeschwärzter Schornstein aufragte. Das Schiff lag mit gerefften Segeln vor Anker.

Jasons Ankunft war beobachtet worden. Bei den Booten standen einige Männer; einer von ihnen trat jetzt vor und stapfte durch den Sand auf den Neuankömmling zu. Jason hielt an und glitt aus dem Sattel.

»Ein exotisches Kostüm, Rhes«, stellte er fest und schüttelte die Hand des anderen.

»Auch nicht exotischer als deine Aufmachung«, antwortete der Pyrraner lächelnd und strich wohlgefällig über sein purpurrotes Spitzenjabot. Er trug hohe Kniestiefel aus gelbem Wildleder und einen glänzenden Helm mit goldener Spitze. Die ganze Aufmachung war sehr eindrucksvoll. »Das trägt man eben als wohlhabender Handelsherr in Ammh«, fügte er hinzu.

»Dir geht es glänzend, habe ich gehört«, sagte Jason.

»Richtig«, stimmte Rhes zu. »Ammh ist eine landwirtschaftlich orientierte Zivilisation vor dem Eintritt in ein primitives Maschinenzeitalter. Dort herrscht strenge Klassentrennung: Handelsherren und das Militär stehen an der Spitze und werden von Priestern unterstützt, die das Volk ruhig halten. Ich hatte genügend Kapital, um als Handelsherr anzufangen, und ich habe diese Gelegenheit genützt. Inzwischen arbeite ich bereits mit Gewinn und habe ein Lagerhaus in Camar, unserem nördlichsten Hafen. Dort habe ich gewartet, bis der Befehl kam, nach Norden zu segeln. Darf ich dir ein Glas Wein anbieten?«

»Und etwas zu essen. Ich habe Hunger.«

Sie standen jetzt vor einem offenen Zelt, in dem eine Art Kaltes Büfett aufgebaut war, unter dem sich der Tisch bog. Rhes griff nach einer grünen Flasche und gab sie Jason. »Am besten versuchst du es damit«, sagte er. »Sechs Jahre alt. Ein sehr guter Jahrgang. Warte, ich hole einen Korkenzieher.«

»Nicht nötig«, wehrte Jason ab. Er schlug die Flasche auf die Tischkante, so daß der Hals abbrach. Dann trank er geräuschvoll und wischte sich den Mund mit einem Ärmel ab. »Ich bin ein Barbar, verstehst du? Damit sind auch deine Leibwächter überzeugt.« Er nickte zu den Bewaffneten hinüber, die ihn mißmutig betrachteten.

»Deine Manieren sind nicht besser geworden«, stellte Rhes fest und wischte den Flaschenrand mit einem Seidentuch ab, bevor er sich selbst ein Glas einschenkte. »Wie sieht die Sache für uns aus?«

Jason nagte einen Knochen ab. »Temuchin ist mit seiner Horde hierher unterwegs. Die meisten Stämme sind allerdings nach dem Sieg über die Wiesel in ihre Weidegründe zurückgezogen. Aber Temuchin hat sie schwören lassen, daß sie sich auf seinen Befehl hin jederzeit wieder versammeln. Als er von eurer Landung gehört hat, ist er mit den nächsten Stämmen aufgebrochen. Er ist ungefähr noch einen Tagesritt von hier entfernt, aber Kerk und die Pyrraner lagern an einer Stelle, an der er vorbeikommen muß. Ich bin vorausgeritten, um die Vorbereitungen zu überprüfen.«

2·85·2

»Ist alles in Ordnung?«

»Ziemlich. An deiner Stelle würde ich meine Leibwache unauffälliger verstecken. Hast du die Waren mitgebracht?«

»Ja – Messer, Pfeilspitzen aus Stahl, Holzpfeile, Eisentöpfe, Zucker, Salz, Gewürze und vieles andere. Irgend etwas wird deinen Barbaren schon gefallen.«

»Hoffentlich.« Jason warf die leere Flasche in eine Ecke.

»Noch eine?« fragte Rhes.

»Lieber nicht – wir haben noch keine Verbindung zum Feind. Ich reite jetzt ins Lager, damit ich dort bin, wenn Temuchin kommt. Dieses Treffen hier kann alles entscheiden. Sobald wir die Stämme auf unserer Seite haben, können wir Temuchin verdrängen. Hebt mir eine Flasche auf, bis ich zurückkomme.«

Als Jason das Lager der Pyrraner am späten Nachmittag erreichte, wollten sie eben aufbrechen.

»Du kommst gerade rechtzeitig«, sagte Kerk und ritt auf ihn zu. »Die Pinasse beobachtet Temuchins Horde auf dem Weg hierher. Vor zwei Stunden ist er vom geraden Weg abgebogen und reitet jetzt nach Osten in Richtung Höllentor. Wahrscheinlich will er dort übernachten.«

»Ich hätte ihn nie für einen religiösen Menschen gehalten.«

»Das ist er bestimmt nicht«, meinte Kerk, »aber er ist ein guter Führer, der genau weiß, wie man Untergebene bei Laune hält. Dieser erloschene Vulkan oder dieses Loch im Boden scheint eines der wenigen Heiligtümer der Nomaden zu sein. Angeblich führt von dort ein Weg direkt in die Hölle. Temuchin will dort ein Opfer darbringen.«

»Gut, sehen wir uns das Höllentor an«, stimmte Jason zu.

Wenig später begann es zu schneien, und sie mußten sich mühsam durch einen Blizzard vorankämpfen. Es war schon fast dunkel, als sie Temuchins Lager erreichten und vor dem großen Camach hielten, in dem die Stammesführer sich versammelt hatten. Kerk und Jason betraten das Zelt.

Die Anwesenden drehten sich nach ihnen um. Temuchin warf ihnen einen haßerfüllten Blick zu.

»Wer wagt es, hier einzudringen, wo Temuchin mit den Stammesführern versammelt ist?«

Kerk richtete sich auf. »Wer ist dieser Temuchin, der es wagt, Kerk von den Pyrranern, den Sieger in der Schlucht, von diesem Treffen fernzuhalten?«

Damit war der Kampf entbrannt. Die Stammesführer hörten aufmerksam zu. Temuchin hatte die Stämme erstmals vereint, aber einige der Häuptlinge hätten lieber einen neuen Kriegsherrn gehabt – oder gar keinen.

»Du hast gut gekämpft«, gab Temuchin zu. »Alle haben gut gekämpft. Ich begrüße dich, und du kannst wieder gehen. Was wir hier besprechen, braucht dich nicht zu kümmern.«

»Warum?« fragte Kerk kalt und ließ sich nieder. »Was versuchst du vor mir zu verbergen?«

»Du wirfst mir vor, ich ...« Temuchin konnte vor Zorn nicht weitersprechen.

»Ich werfe dir gar nichts vor.« Kerk gähnte desinteressiert. »Aber du klagst dich selbst an. Du befiehlst eine geheime Zusammenkunft, du verweigerst mir den Zutritt, du beleidigst mich, anstatt die Wahrheit zu sagen. Was hast du also zu verbergen?«

»Die Angelegenheit ist nicht weiter wichtig. Einige Tiefländer sind an unserer Küste gelandet, um uns zu überfallen und Städte zu bauen. Aber wir werden sie vernichten.«

»Warum? Es handelt sich doch nur um harmlose Händler.«

»Warum?« Temuchin konnte sich kaum noch beherrschen und ging wütend auf und ab. »Hast du das ›Lied der Freien‹ noch nie gehört?«

»Ich kenne es so gut wie du. Darin heißt es, wir sollten Gebäude zerstören. Gibt es welche zu zerstören?« fragte Kerk.

»Nein, aber das kommt noch. Die Tiefländer haben bereits Zelte aufgebaut und ...«

»Ohne ein Heim, nur in Zelten«, sang einer der Stammesführer halblaut vor sich hin.

Temuchin beherrschte sich mühsam und ignorierte diese Unterbrechung. Das Lied schien ihm zu widersprechen, aber er wußte, wo die Wahrheit lag.

»Diese Händler gleichen einer Schwertspitze, die nicht ernstlich verwundet, sondern nur die Haut ritzt. Heute haben sie nur Zelte und wollen mit uns Handel treiben – morgen kommen sie mit größeren Zelten, um besser handeln zu können. Zuerst die Schwertspitze, dann das ganze Schwert, das uns aufspießt. Wir müssen sie jetzt vernichten.«

Temuchin hatte völlig recht, aber die übrigen Häuptlinge durften nicht zu dem gleichen Schluß kommen. Kerk blieb schweigend sitzen, und Jason ergriff das Wort.

»In diesem Fall müssen wir uns an das ›Lied der Freien‹ halten, das ...«

»Warum bist du hier, Jongleur?« fragte Temuchin streng. »Ich sehe keine anderen Jongleure oder Soldaten. Du kannst jetzt gehen.«

Jason öffnete den Mund, aber er wußte, daß jeder Widerspruch zwecklos war. Temuchin hatte unbestreitbar recht. Jason verließ deshalb das Zelt, nachdem er Kerk zugeflüstert hatte, er werde mit Hilfe des Dentiphons Verbindung mit ihm halten. Pech gehabt. Er hatte gehofft, die letzte Auseinandersetzung miterleben zu können. Als er ins Freie trat, schloß einer der Posten den Eingang hinter ihm. Der andere vertrat ihm mit gesenkter Lanze den Weg.

»He, was soll das?« fragte Jason noch, aber in diesem Augenblick warf ihm der erste Mann von hinten eine Schlinge über den Kopf und zog sie zu. Jason konnte sich nicht wehren und verlor rasch das Bewußtsein.

16

Jemand rieb Jasons Gesicht mit Schnee ab, füllte ihm Nase und Mund damit und brachte ihn dadurch wieder zu Bewußtsein. Jason hustete und spuckte und schob die Hände von sich fort. Als er sich den Schnee aus den Augen gewischt hatte, sah er sich um und versuchte zu erkennen, was geschehen war.

Er kniete zwischen zwei Männern von Temuchins Leibwache. Sie hatten die Schwerter gezogen, und einer hielt eine Fackel in der linken Hand. Sie beleuchtete eine kleine Schneewehe und den Rand eines dunklen Abgrunds. Einzelne Schneeflocken verschwanden darin.

»Kennst du diesen Mann?« fragte eine Stimme, die Jason als Temuchins erkannte. Zwei Männer tauchten aus der Nacht auf und blieben vor ihm stehen.

»Ja, Herr«, antwortete der zweite Mann. »Er ist der Fremde, der mit dem fliegenden Ding gekommen ist und der aus der Gefangenschaft entfliehen konnte.«

Jason warf einen prüfenden Blick auf das vermummte Gesicht des anderen und stellte zu seiner Überraschung fest, daß er den Jongleur Oraiel vor sich hatte.

»Ich habe diesen Mann noch nie gesehen. Er ist ein Lügner«, behauptete Jason, ohne auf seinen schmerzenden Hals zu achten.

»Ich erinnere mich noch gut an seine Gefangennahme, Herr, und er hat mich später überfallen und geschlagen. Du hast selbst mit ihm gesprochen.«

»Richtig«, stimmte Temuchin zu und trat näher. »Er ist es wirklich. Deshalb kam er mir gleich so bekannt vor.«

»Was sollen diese Lügen …«, begann Jason und richtete sich mühsam auf.

Temuchin hielt ihn an den Schultern fest und schob ihn zurück, bis er dicht am Abgrund stand.

»Sag mir die Wahrheit, wer du auch immer bist. Du

stehst am Tor zur Hölle und kannst nicht mehr entfliehen. Aber ich lasse dich vielleicht laufen, wenn du die Wahrheit sagst.«

Jason konnte das Gesicht des Barbaren im Gegenlicht noch nicht klar erkennen; aber er wußte, daß er von Temuchin kein Mitleid zu erwarten hatte. Für ihn war der Kampf zu Ende. Er konnte nur noch versuchen, die Pyrraner zu schützen.

»Laß mich frei, dann sage ich die Wahrheit. Ich komme von einem anderen Planeten. Ich bin allein hier. Ich bin dem Jongleur Jason begegnet, der im Sterben lag, und ich habe seinen Namen angenommen. Er war schon so lange nicht mehr bei seinem Stamm gewesen, daß sein Name in Vergessenheit geraten war. Und ich habe dir geholfen. Laß mich frei, dann helfe ich dir weiterhin.«

Sein Dentiphon summte, dann fragte eine leise Stimme: »Hörst du mich, Jason? Hier ist Kerk. Wo bist du?« Das Dentiphon arbeitete also noch – er hatte noch eine letzte Chance.

»Warum bist du hier?« fragte Temuchin. »Willst du den Tiefländern helfen, hier ihre Städte zu errichten?«

»Laß mich frei. Laß mich nicht ins Höllentor fallen, dann erzähle ich dir alles.«

Temuchin zögerte lange, bevor er wieder sprach.

»Du bist ein Lügner. Was du sagst, ist gelogen. Ich weiß nicht mehr, was ich glauben soll.« Als er den Kopf zur Seite drehte, sah Jason, daß ein humorloses Lächeln um seinen Mund spielte.

»Ich lasse dich frei«, sagte er und ließ Jasons Schultern los.

Jason griff ins Leere, versuchte sich zu drehen, um die Felsen am Rand des Abgrundes zu erreichen, und stürzte in die Dunkelheit hinab.

Die Luft rauschte an ihm vorbei.

Ein Schlag an der Schulter, einer gegen den Rücken. Dann rutschte er eine schräge Felswand entlang und schlug die Hände vors Gesicht, um es zu schützen. Der rauhe Fels zerschliß seine Kleidung.

Dann rutschte er nicht mehr, sondern fiel wieder Hals über Kopf durch die Dunkelheit. Er fiel unendlich lange, bis sein Fall plötzlich abrupt gebremst wurde.

Er starb nicht, was ihn selbst verblüffte. Er wischte sich etwas aus dem Gesicht und merkte, daß es Schnee war. Eine Schneewehe am Boden des Abgrundes. Eine Schneewehe in der Hölle – und er war darin gelandet.

»Wo es Leben gibt, gibt es Hoffnung, Jason«, murmelte er vor sich hin. Aber was hatte er hier am Abgrund zu hoffen? Kerk und die Pyrraner würden ihn herausholen. Aber dann spürte er Metallsplitter im Mund und tastete mit der Zunge danach. Er hatte sein Dentiphon zerbissen.

»Du bist also wieder einmal auf dich allein gestellt, Jason«, sagte er laut. Was hatte er gerettet? Er suchte nach seinem Medikasten. Verschwunden. Die Geldtasche steckte noch im Gürtel, aber das Messer war aus dem Stiefel gefallen. Er entdeckte eine fingerdicke Röhre in der Gürteltasche. Was? Natürlich die Taschenlampe, die er eingesteckt hatte, nachdem die Kapsel gelandet war.

Brannte sie noch? Wahrscheinlich nicht, wenn man sein bisheriges Pech berücksichtigte. Zu seiner Überraschung flammte sie jedoch sofort auf. Licht! Jason fühlte sich sofort besser, obwohl seine Lage dadurch nicht ernstlich geändert war. Nun konnte er sich in seinem Gefängnis umsehen: eine ebene Talsohle, die mit einer dünnen Schneeschicht bedeckt war. Noch immer fielen einzelne Flocken lautlos durch den Lichtkreis seiner Lampe und verschwanden. Der Schnee war unterhalb der dunklen Felswände vom Wind zusammengetrieben und aufgehäuft worden. Die Felsen über Jason bildeten einen gewaltigen Überhang, der den Himmel verdeckte. Er mußte diese schräge Fläche hinabgerutscht und wie ein Projektil in diese Schneewehe geschossen sein. Ein glücklicher Zufall hatte ihm das Leben gerettet.

Jason hörte einen klagenden Schrei über sich und sah einen dunklen Schatten von oben herabkommen. Die Gestalt schlug kaum zehn Meter von ihm entfernt auf der Talsohle auf.

Dort waren die Felsen nur mit einer dünnen Schneeschicht bedeckt, und der Mann hatte den Aufprall nicht überlebt. Jason erkannte seinen Verräter, den Jongleur Oraiel.

»Was soll das? Beseitigt Temuchin Augenzeugen? Das sieht ihm nicht ähnlich.« Der Mund des anderen stand offen, aber Oraiel würde nie mehr sprechen.

Jason kletterte aus seiner Schneewehe und marschierte über den Talboden, der hier auffällig eben war. Das fiel ihm jedoch erst ein, als er ein Knistern unter sich hörte. Als er einen Schritt zurücktrat, zersplitterte das Eis, und Jason fiel ins Wasser. Der Schock nahm ihm fast den Atem, aber er hielt den Mund fest geschlossen und biß sich dabei in die Unterlippe. Gleichzeitig hielt er seine Taschenlampe fest umklammert, denn er wußte, daß er ohne sie das Loch im Eis nie wiederfinden würde.

Unmittelbar darauf spürte er festen Boden unter den Füßen und stieß sich ab. Im Licht der wasserdichten Lampe glitzerte das Eis wie ein Spiegel über ihm, und als er es mit der Handfläche nach oben zu drücken versuchte, gab es nicht nach. Jason spürte, daß seine Finger übers Eis glitten – er wurde von einer raschen Strömung mitgerissen. Das Loch im Eis mußte bereits weit hinter ihm liegen.

Unter dem Eis am Boden dieses unzugänglichen Lochs gefangen! Nun wäre es Zeit gewesen, den aussichtslosen Kampf aufzugeben, aber Jason dinAlt dachte keine Sekunde daran. Er hielt verzweifelt die Luft an; er versuchte zur Seite zu schwimmen, wo er vielleicht durch das Eis brechen konnte; er suchte mit der Taschenlampe nach einer Öffnung in der Eisdecke.

Das Wasser war kalt; es lähmte ihn förmlich und riß ihn mit sich. Aber das Feuer in seinen Lungen war am

schlimmsten. Jason wußte, daß in seinem Körper genug Sauerstoff für einige Minuten gespeichert war. Aber der Atemreflex in seiner Brust kümmerte sich nicht um solche Überlegungen. Schließlich konnte er ihn nicht mehr unterdrücken, ließ sich nach oben treiben und holte in der Dunkelheit tief Luft.

Er brauchte lange, bis er begriff, was sich ereignet hatte. Dann schleppte er sich an das dunkle, steinige Ufer und blieb dort zur Hälfte im Wasser liegen wie ein gestrandeter Wal. Er hatte nicht die Kraft, sich weiter zu bewegen, aber als die Kälte ihm noch stärker zusetzte, wurde ihm klar, daß er sich entweder bewegen oder hier sterben mußte. Aber wo war er hier? Jason zog sich langsam aus dem Wasser, schaltete seine Taschenlampe ein und beleuchtete seine Umgebung. Er sah Wasser und an drei Seiten nur Felsen. Kein Schnee? Allmählich wurde ihm klar, was das bedeutete.

»Eine Höhle.«

Nachträglich wurde ihm alles klar. Das Höllentor war ein enges Tal, das im Laufe der Jahrtausende von einem Flüßchen in den Fels gegraben worden war. Das Wasser floß unterirdisch ab – und Jason war mitgerissen worden. Er war also noch nicht verloren, denn er brauchte nur diesem Wasserlauf zu folgen, um wieder ans Tageslicht zu kommen. Dann fiel ihm ein, daß der Fluß irgendwo in tieferen Felsschichten versickern könnte, aber er weigerte sich, diese Möglichkeit ernsthaft in Betracht zu ziehen.

Jason raffte sich auf, folgte dem Strom flußabwärts und sah plötzlich Fußabdrücke, die aus dem Wasser kamen und in die gleiche Richtung liefen.

War also noch jemand hier? Die Spuren waren deutlich zu erkennen und offenbar erst vor kurzem entstanden. Vielleicht gab es einen Zugang zu diesen Höhlen, der allgemein bekannt war. Jason brauchte nur den Spuren zu folgen. Und solange er sich bewegte, würde er trotz seiner durchnäßten Kleidung nicht erfrieren. Die Luft hier unten war kühl, aber längst nicht so kalt wie draußen im Freien.

Als die Spuren das sandige Ufer verließen, wurden sie undeutlicher und waren bald nicht mehr zu erkennen. Jason fluchte leise vor sich hin, während er nacheinander die einzelnen Gänge absuchte, die von hier aus in verschiedenen Richtungen abzweigten. Die meisten führten nur ans Wasser zurück, andere endeten im Fels, aber Jason fand immer einen, der nicht als Sackgasse aufhörte, sondern die Verbindung zu weiteren Höhlen herstellte.

Als er in einen neuen Gang einbog, fand er den Mann, dem er gefolgt war. Der andere trug Pelze wie Jason und schlief auf dem Boden. Jason näherte sich ihm vorsichtig und sah, daß es ein Schlaf für die Ewigkeit war. Der Mann konnte seit Jahren tot in dieser trockenen, kalten und bakterienarmen Umgebung liegen. Sein Gesicht war eingeschrumpft und vertrocknet; die gelblichen Zähne grinsten Jason entgegen. Neben den Fingern der ausgestreckten Hand lag ein Messer, das nur mit einer hauchdünnen Rostschicht bedeckt war.

Jason tat, was er tun mußte, um zu überleben: Er zog dem Toten den schweren Pelz aus, den dieser über seiner Lederkleidung trug. Dann streifte er seine nassen Kleidungsstücke ab und hüllte sich in den trockenen Pelz.

Er breitete seine Kleidung zum Trocknen aus, suchte sich einen halbwegs bequemen Platz, ließ die Taschenlampe dunkel glühen – und schlief augenblicklich ein.

17

»Wenn alles lange Zeit gleich ist, kann man nicht mehr sagen, wieviel Zeit vergangen ist. Ich frage mich nur, wie lange ich schon hier unten bin.« Jason schleppte sich einige Schritte weiter. »Ziemlich lange, nehme ich an.«

Vor ihm teilte sich die Höhle in zwei Gänge, und er markierte die Abzweigung in Schulterhöhe, bevor er den rechten Gang wählte. Dieser Tunnel endete an einem Wasserlauf, und Jason trank am Fluß, bevor er sich auf den Rückweg machte. An der Abzweigung brachte er das Zeichen für ›Wasser‹ an und folgte dem zweiten Gang.

»Tausendachthundertdrei ... tausendachthundertvier ...« Er zählte jetzt jeden dritten Schritt seines linken Fußes. Die Zahl war bedeutungslos, aber er hatte wenigstens etwas zu sagen, und der Klang seiner eigenen Stimme war ihm lieber als das ewige Schweigen.

Zumindest hatte er seit einiger Zeit keinen Hunger mehr. Die ständigen Magenschmerzen waren anfangs sehr unangenehm gewesen, aber das hatte sich gegeben. Er hatte genug Wasser zu trinken und mußte sich nur seinen Gürtel enger schnallen.

»Ha, ich kenne dich, du böse Abzweigung!« Jason spuckte in die Richtung der drei Zeichen an der Höhlenwand. Dann kratzte er mit seinem Messer ein viertes darunter. Er würde nicht mehr hierher zurückkommen. Nun wußte er, wohin er sich in dem Labyrinth vor sich zu wenden hatte.

Er hoffte es jedenfalls.

»Zeit für eine Rast?« fragte er sich.

»Zeit für eine Rast«, antwortete er sich.

Aber noch nicht gleich. Dieser Tunnel führte schräg nach unten, und Jason roch Wasser. Seine Nase war sehr empfindlich geworden. Am Wasser gab es oft Sand, auf dem man besser als auf Felsen schlief. Jasons abgemagerter Körper brauchte eine weiche Unterlage.

Ausgezeichnet. Hier gab es Sand, einen breiten, sandigen Streifen. Das Wasser bildete fast einen See. Jason streckte sich im Sand aus, schaltete seine Taschenlampe ab und schlief ein.

Zu Anfang hatte er nicht schlafen können, ohne daß die

Lampe schwach glühte, aber jetzt machte das keinen Unterschied mehr.

Er schlief wie immer kurz, wachte auf und schlief sofort wieder ein. Aber diesmal stimmte irgend etwas nicht. Er lag mit offenen Augen in der Dunkelheit. Dann drehte er sich um und sah ins Wasser.

Weit entfernt. Tief unten. Ein schwacher, ein sehr schwacher blauer Lichtschimmer.

Jason blieb unbeweglich liegen und dachte lange darüber nach. Er war müde und schwach und hungrig. Wahrscheinlich bildete er sich alles nur ein. Fieberphantasien eines Sterbenden. Er schloß die Augen und döste, aber als er sie wieder öffnete, war der Lichtschimmer noch immer da. Was konnte das bedeuten?

»Jason, du mußt etwas tun«, murmelte er vor sich hin und schaltete die Taschenlampe ein. Der Lichtschimmer im Wasser verschwand. Jason stellte die Lampe in den Sand und zog sein Messer. Er brachte sich einen Schnitt am Unterarm bei, aus dem dicke Blutstropfen quollen.

»Das tut weh!« sagte er. »Das ist besser!«

Der Schmerz machte ihn wieder hellwach, bewirkte einen Adrenalinstoß und ließ ihn klar denken.

»Wenn es dort unten Licht gibt, muß es einen Weg ins Freie geben. Das ist die einzige Möglichkeit. Ich habe also noch eine letzte Chance, aus dieser Falle zu entkommen. Jetzt. Solange ich einigermaßen bei Kräften bin.«

Jason sprach nicht weiter, sondern holte tief Luft, atmete aus, füllte seine Lungen wieder mit Sauerstoff und wiederholte diesen Vorgang, bis ihm schwindlig wurde. Dann holte er ein letztes Mal Luft, schaltete die Taschenlampe auf volle Lichtstärke um und nahm sie in den Mund. Dann sprang er ins Wasser.

Der eisige Schock kam nicht unerwartet. Jason tauchte tief und schwamm auf die Stelle zu, an der er den Lichtschimmer gesehen hatte. Das Wasser war unglaublich transparent, und er sah überall nur Felsen. Tiefer, noch tiefer; seine Kleidung sog sich voll und zog ihn nach unten. Dicht über dem Boden des Sees erfaßte ihn eine Strömung und riß ihn mit sich durch einen kurzen Kanal.

Dann sah er weit über sich wieder Licht. Er versuchte aufzutauchen, aber es kam nicht näher. Die Taschenlampe fiel ihm aus dem Mund und wurde davongewirbelt. Höher, höher. Das Licht schien schwächer zu werden, obwohl er sich ihm näherte. In seiner Angst schlug er mit den Armen um sich, fühlte ein Hindernis über seinem Kopf und bekam etwas Hartes zu fassen. Er zog sich daran hoch und streckte den Kopf aus dem Wasser.

In den ersten Minuten konnte er sich nur an der Baumwurzel festhalten und keuchend Luft holen. Dann sah er sich um und erkannte, daß er sich am Ufer eines Tümpels befand, der von hohen Bäumen umgeben war. Dahinter begann eine gewaltige Felswand, die bis zu den Wolken aufragte und darin verschwand.

Jason war im Tiefland.

Er zog sich mühsam aus dem Wasser und blieb erschöpft am Ufer liegen, bis er sich wieder etwas erholt hatte. Unter den Büschen in seiner Nähe wuchsen rote Beeren, auf die er sich gierig stürzte; als er sie herunterschlang, bekam er heftige Magenkrämpfe. Dann lag er wieder im Gras und fragte sich, was er als nächstes tun sollte. Er schlief ein, ohne es zu wollen, und als er aufwachte, konnte er klarer denken.

»Verteidigung. Jeder gegen jeden. Der erste Einheimische, der mich sieht, will mir wahrscheinlich den Schädel einschlagen, um meinen Pelz zu bekommen. Verteidigung.«

Sein Messer war wie die Taschenlampe verschwunden, deshalb mußte er mit einem scharfen Steinsplitter auskommen. Er sägte damit einen kräftigen Baumschößling dicht über dem Boden ab, entastete ihn und hatte eine Stunde später einen brauchbaren Stab in der Hand. Dieser Stab diente ihm zunächst als Stütze, als er auf einem Waldweg davonhumpelte, der in die gewünschte Richtung führte – nach Osten.

Gegen Abend, als sein Kopf wieder zu schwimmen begann, traf er einen Fremden auf diesem Pfad. Der andere trug eine Art Uniform, war kräftig gebaut und mit einem Bogen und einer Hellebarde bewaffnet. Der Mann blieb stehen und stellte Jason in einem unbekannten Dialekt einige Fragen, die Jason mit einem Schulterzucken beantwortete. Jason bemühte sich, harmlos und schwach zu wirken, was nicht weiter schwierig war. In seinem gegenwärtigen Zustand wirkte er kaum bedrohlich. Der Fremde schien der gleichen Meinung zu sein, denn er verzichtete auf seinen Bogen und hob kaum die Hellebarde, als er näher kam.

Jason wußte, daß alles von dem einzigen Schlag abhing, den er führen konnte. Dieser kräftige junge Mann würde kurzen Prozeß mit ihm machen, wenn er ihn nicht gleich richtig traf.

»Brummel, brummel«, murmelte Jason vor sich hin und packte seinen Stab mit beiden Händen, während er zurücktrat.

»Frmblebrmble!« sagte der Mann und schüttelte drohend seine Hellebarde.

Jason riß die linke Hand nach unten, so daß das andere Ende seines Stabes nach oben flog; als er gleichzeitig eine Drehbewegung vollführte, wurde der Fremde unterhalb des Brustkorbs getroffen. Er klappte zusammen und blieb liegen.

»Endlich wieder Glück gehabt!« Jason fiel über die pralle Tasche am Gürtel des Fremden her. Er hoffte, Verpflegung darin zu finden.

18

Rhes saß in seinem Büro über die Bücher gebeugt, als er draußen im Hof lautes Geschrei hörte. Anscheinend wollte jemand mit Gewalt zu ihm vordringen. Er achtete nicht weiter darauf; die beiden anderen Pyrraner waren fort, und er hatte zu tun. Riclan, sein Leibwächter, verstand seine Sache und würde unerwünschte Besucher fernhalten. Aber dann hörte Rhes etwas klirren, als sei Riclan mit voller Rüstung zu Boden gegangen.

Rhes hatte zwei Tage lang nicht geschlafen und hatte noch viel zu tun, bevor er endlich aufbrechen konnte. Er war deshalb nicht in bester Stimmung. Als die Tür geöffnet wurde, stand er rasch auf und ging wütend auf den Mann mit dem schwarzen Bart zu.

»Was ist los? Willst du mich umbringen?« fragte eine vertraute Stimme.

»Jason!« Rhes schlug seinem Freund begeistert auf die Schulter.

»Vorsichtig«, mahnte Jason, machte sich los und sank auf die Couch. »Mir geht es in letzter Zeit nicht allzu gut.«

»Wir haben dich für tot gehalten! Was ist geschehen?«

»Das erzähle ich dir gern, wenn du mir etwas zu essen gibst. Und ich möchte selbst einen kurzen Bericht hören. Wie geht das Geschäft?«

»Gar nicht«, antwortete Rhes trübselig. Er holte Brot und Räucherfleisch aus einem Schrank und stellte eine Flasche Wein neben Jason auf den Tisch. »Seit deinem Verschwinden ist alles auseinandergebrochen. Kerk hat dich über sein Dentiphon gehört und wollte dich noch retten, aber er ist zu spät gekommen – du warst eben im Höllentor verschwunden. Der Jongleur, der dich verraten hatte, bezeichnete ihn ebenfalls als Fremden, aber Kerk hatte ihn in den Abgrund gestoßen, bevor er viel sagen konnte. Temuchin war ebenso wütend wie Kerk, und die beiden wären sich fast an die Gurgel gefahren. Aber du warst verschwunden, so daß Kerk das Gefühl hatte, er müsse wenigstens deinen Plan verwirklichen.«

»Habt ihr es geschafft?«

»Tut mir leid, aber der Versuch ist mißlungen. Temuchin hat die meisten Stammesführer auf seine Seite gebracht.

Kerk konnte uns nicht helfen. Wir mußten uns hierher zurückziehen, und ich schließe die Operation jetzt ab. Wir Pyrraner versammeln uns jetzt an Bord des Raumschiffs; der Plan ist mißlungen, und wenn uns nichts anderes einfällt, wollen wir nach Pyrrus zurückkehren.«

»Unmöglich!« protestierte Jason mit vollem Mund.

»Uns bleibt nichts anderes übrig. Wie bist du übrigens hierhergekommen? Wir haben noch in der gleichen Nacht eine Suchmannschaft ins Höllentor hinuntergeschickt, aber die Männer haben nur Skelette gefunden. Wir dachten, deine Leiche sei unter dem Eis abgetrieben.«

»Ich bin fortgerissen worden – aber nicht als Leiche«, erklärte Jason ihm. »Nach einer langen Wanderung durch das Höhlensystem bin ich endlich im Tiefland wieder aufgetaucht. Dann habe ich mich zu dir durchgeschlagen.«

»Du kommst gerade rechtzeitig. Die Pinasse holt mich nach Einbruch der Dunkelheit ab, und ich muß bis zum Treffpunkt zehn Kilometer weit rudern.«

»Schön, dann brauchst du jetzt wenigstens nicht allein zu rudern. Wir können jederzeit abfahren.«

»Ich verständige nur noch das Schiff, damit Kerk und die anderen benachrichtigt werden.«

Jason und Rhes ruderten zu einer Insel hinaus, versenkten ihr Boot und gingen an Bord der Pinasse, die wenig später landete. Der Pilot nickte Jason kurz zu, was als enthusiastische Begrüßung gelten konnte. An Bord der Pugnacious war niemand zu sehen: die Freiwache schlief, die Wache war auf ihrem Posten.

In der Kabine hatte sich nichts verändert. Jason sah mürrisch zu der sündteuren Bibliothek in der Ecke hinüber. Warum hatte er sie überhaupt gekauft?

»Nutzlos«, sagte er und schaltete sie ein. »Wozu taugst du eigentlich?«

»Ist das eine Frage?« erkundigte sich die Bibliothek.

»Großmaul. Jetzt reißt du die Klappe auf – aber wo warst du, als ich dich gebraucht hätte?«

»Ich stehe, wo ich abgestellt werde. Ich beantworte alle Fragen.«

»Beleidige deine Vorgesetzten nicht, Maschine!«

»Jawohl, Sir.«

»Schon besser.« Jason ließ sich in einen Sessel fallen und schenkte sich ein Glas voll. Dann wandte er sich wieder an die Bibliothek. »Du hältst wohl nicht viel von meinem Plan, was?«

»Ich kenne den Plan nicht und kann mich deshalb nicht dazu äußern.«

»Deine Meinung interessiert mich nicht. Du bildest dir wohl ein, du könntest dir einen besseren Plan ausdenken, was?«

»Auf welchem Gebiet?«

»Um eine Zivilisation zu ändern, wenn du es wissen willst. Aber ich frage nicht danach.«

»Die betreffenden Informationen sind unter ›Geschichte‹ und ›Anthropologie‹ gespeichert.«

Jason nahm einen großen Schluck. »Gut, dann frage ich eben. Erzähl mir etwas darüber.«

Jason schaltete die Bibliothek aus und lehnte sich nachdenklich in den Sessel zurück. Die Aufgabe war also lösbar, und die Antwort lag auf der Hand, wenn man intelligent genug war, danach zu suchen. Jason sprang auf und lief zwischen Tür und Bullaugen hin und her. Die Pyrraner würden nichts von seinem neuen Plan wissen wollen. Folglich mußte er ihn ohne ihre Hilfe verwirklichen.

Er sah auf die Uhr. Die Pinasse sollte erst in einer Stunde wieder starten, um Kerk und die anderen zu holen. Jason brauchte nur Meta ein paar Zeilen zu schreiben und sich absichtlich unbestimmt ausdrücken. Dann würde er sich von Clon in der Nähe von Temuchins Lager absetzen lassen. Der phantasielose Pilot würde es tun, ohne Fragen zu stellen.

Ja, das ließ sich machen, und er würde es tun!

19

Temuchin stürmte mit dem Schwert in der Hand in seinen Camach.

»Zeig dich!« brüllte er. »Meine Wachen liegen draußen. Zeige dich, damit ich dich töten kann!«

Jason trat aus dem Halbdunkel ins Licht der Öllampen.

»Du!« sagte Temuchin und ließ das Schwert fallen. »Ich habe dich mit eigenen Händen umgebracht. Bist du ein Gespenst oder ein Dämon?«

»Ich bin zurückgekehrt, um dir zu helfen, Temuchin.«

»Du mußt ein Dämon sein; du bist durchs Höllentor heimgekehrt und hast neue Kräfte gesammelt. Ein Dämon in vielerlei Gestalt, der uns alle getäuscht hat.«

»Das ist eine schöne Theorie. Du kannst glauben, was du willst, aber du mußt mir zuhören.«

»Nein! Wenn ich zuhöre, werde ich verdammt.« Temuchin hob sein Schwert auf. Jason sprach rasch weiter.

»Ich habe einen Weg entdeckt, der vom Höllentor ins Tiefland führt. Du kannst ein Heer dorthin führen. Dort ist ein neuer Kontinent zu erobern. Und du bist der einzige Mann, der dazu imstande wäre.«

Temuchins Augen blitzten. »Erobern, kämpfen, belagern, einnehmen, überrumpeln, siegen«, murmelte er heiser vor sich hin, als spreche er mit sich selbst.

»Ja, du könntest das Tiefland mit allen Städten erobern, Temuchin, Herrscher dieser Welt.«

Der Nomadenführer schwieg nachdenklich. »Einverstanden«, sagte er dann entschlossen. »Ich kenne den Preis. Du willst mich fortschleppen, Dämon, aber du sollst mich erst haben, wenn ich alles erobert habe.«

»Ich bin kein Dämon, Temuchin.«

»Spotte nicht, ich kenne die Wahrheit. Du hast mich in Versuchung geführt, ich bin dir erlegen, ich bin in alle Ewigkeit verdammt. Sag mir, wann und wie ich sterben muß.«

»Das kann ich nicht.«

»Natürlich nicht. Du bist nicht freier als ich.«

»So habe ich das nicht gemeint.«

»Ich weiß, wie es gemeint war. Indem ich alles annehme, verliere ich alles. Aber ich bin damit einverstanden, wenn du mich zuerst siegen läßt, Dämon.«

»Du siegst natürlich, aber ...«

»Mehr will ich gar nicht wissen.« Temuchin bewegte die Schultern, als werfe er ein unsichtbares Gewicht ab. Er steckte sein Schwert in die Schlaufen am Gürtel zurück.

»Du kannst glauben, was du willst, aber gib mir einige gute Männer mit, damit ich einen Weg ins Tiefland bahnen kann. Ich werde dir beweisen, daß es einen Weg durch die Höhlen gibt, den ein ganzes Heer gehen kann. Wird es dir dorthin folgen?«

Temuchin lachte. »Die Stämme haben geschworen, mir selbst in die Hölle zu folgen, wenn ich es befehle. Jetzt müssen sie gehorchen.«

»Gut, schlag ein!« forderte Jason ihn auf.

Der Nomadenführer ergriff seine Hand. »Ich erobere die Welt und komme dafür in die Hölle, deshalb fürchte ich dich nicht mehr, Dämon.«

Er drückte Jasons Hand, und Jason mußte wider Willen den Mut dieses Mannes bewundern.

20

»Laß mich mit ihm sprechen«, bat Meta.

Kerk schob sie zur Seite und hielt das Mikrophon umklammert.

»Hör zu, Jason«, sagte er eisig. »Niemand von uns unterstützt deinen Plan. Du kannst ihn nicht vernünftig erklären, weil er unsinnig ist. Sobald Temuchin das Tiefland beherrscht, können wir ihn nie verdrängen und unser

Bergwerk errichten. Rhes ist nach Ammh zurückgekehrt, um den Widerstand gegen die Eindringlinge zu organisieren. Einige von uns wollen sich ihm anschließen. Ich warne dich zum letztenmal: Hör auf, bevor es zu spät ist!«

»Kerk, ich habe Verständnis für deinen Standpunkt«, antwortete Jason ruhig, »aber die Entwicklung ist nicht mehr aufzuhalten. Temuchins Horden haben das Tiefland erreicht, und die Nomaden werden dort siegen. Wenn die letzte Schlacht geschlagen ist, herrscht Temuchin über und unter den Klippen, und ihr werdet sehen, daß schließlich doch alles zu unserem Besten ist.«

»Nein!« rief Meta und entwand Kerk das Mikrophon. »Jason, hör zu. Das kannst du uns nicht antun. Du bist zu uns gekommen und hast uns geholfen, und wir haben dir vertraut. Du hast uns gezeigt, daß es mehr im Leben gibt, als zu töten und getötet zu werden. Wir wissen jetzt, daß der Kampf auf Pyrrus falsch war, und wir sind nun hierhergekommen, weil du uns darum gebeten hast.

Aber jetzt müssen wir glauben, du wolltest uns verraten. Du hast uns gezeigt, daß man überleben kann, ohne zu morden, und wir haben uns bemüht, deinem Beispiel zu folgen. Aber was du jetzt tust, ist schlimmer, viel schlimmer als unser Krieg auf Pyrrus. Dort haben wir wenigstens um unser Leben gekämpft. Du aber hast diesem Ungeheuer Temuchin den Weg gewiesen, damit er wieder Krieg führen und Menschen töten kann. Wie willst du dieses Verhalten rechtfertigen?«

Aus dem Lautsprecher drang nur ein gleichförmiges Rauschen, bis Jason nach längerer Zeit antwortete. Seine Stimme klang plötzlich müde.

»Meta … das alles tut mir leid. Ich wollte, ich könnte es dir erklären, aber es ist zu spät. Ich werde gesucht und muß das Funkgerät verstecken, bevor die Jäger kommen. Aber ich habe richtig gehandelt, das mußt du glauben. Jede gesellschaftliche Veränderung fordert Opfer, und ich bin mir darüber im klaren, daß meinetwegen Menschen verwundet werden und sterben. Aber … hör zu, ich kann nicht weitersprechen. Sie sind draußen …«

Im Lautsprecher knackte es, dann herrschte wieder Schweigen.

Kerk und Meta starrten sich ratlos an.

»Hallo, Kontrollraum!« sagte eine Stimme aus dem Deckenlautsprecher. »Hier ist der Nachrichtenraum. Eben ist eine Notmeldung von Pyrrus eingegangen.«

»Lies vor«, befahl Kerk.

Nach einer kurzen Pause las der unsichtbare Sprecher vor: »An alle Stationen in Reichweite zur Übermittlung nach Felicity und Pugnacious, Kennung Ama Rona Pi, 290-633-087. Nachricht folgt. Kerk, wir werden angegriffen. Von allen Seiten. Wir haben die Stadt zum größten Teil aufgegeben. Niemand weiß, wie lange wir uns noch halten können. Brucco glaubt, daß konventionelle Waffen nichts dagegen ausrichten, weil es ganz neu ist. Wir könnten die Feuerkraft eures Schiffs brauchen. Kommt nach Möglichkeit sofort. Ende.«

Die Nachricht war über die Bordsprechanlage in sämtliche Räume des Schiffes übertragen worden, und als die Stimme verstummte, waren überall rasche Schritte zu hören. Als die ersten Männer in den Kontrollraum stürmten, richtete Kerk sich auf und erteilte seine Befehle.

»Alle Besatzungsmitglieder auf ihre Stationen. Wir starten so schnell wie möglich. Außenwachen hereinrufen, alle Gefangenen freilassen. Fertigmachen zum Start.«

Es gab keine andere Möglichkeit. Jeder Pyrraner hätte ähnlich reagiert. Ihre Stadt war in Gefahr, zerstört zu werden, war vielleicht bereits zerstört. Sie eilten auf ihre Posten.

»Rhes«, sagte Meta. »Wie können wir ihn erreichen?«

Kerk schüttelte den Kopf. »Gar nicht. Wir lassen die Pinasse für ihn auf der Insel zurück, auf der wir bereits mehrmals gelandet sind. Du sprichst eine Nachricht für ihn auf Tonband und läßt sie vom Sender der Pinasse automatisch ausstrahlen. Sobald er zu seinem Funkgerät zurückkommt, kann er sie empfangen. Die Pinasse enthält alles, was er zum Leben braucht.«

»Das wird ihm nicht gefallen.«

»Mehr können wir nicht für ihn tun.«

Sie arbeiteten wie besessen. Zurück nach Pyrrus! Ihre Stadt war in Gefahr. Das Schiff startete mit 17 g, und Meta hätte noch stärker beschleunigt, wenn die Triebwerke mehr Leistung abgegeben hätten. Ihr Kurs durch den Hyperraum war der kürzeste – aber auch der gefährlichste –, der sich berechnen ließ. Die unvermeidbare Wartezeit verstrich unendlich langsam; die Pyrraner unterhielten sich nicht, sondern überprüften schweigend ihre Waffen und warteten auf das Ende des Fluges.

Dann kam der Übertritt in den Normalraum. Die Pugnacious raste weiter auf Pyrrus zu und tauchte in die Atmosphäre ein. Ihr Rumpf erhitzte sich gefährlich, und die Klimaanlage war dieser gewaltigen Belastung kaum noch gewachsen. Die Pyrraner an Bord schwitzten, ohne die Hitze wahrzunehmen. Alle Bildschirme zeigten, was die Bugkameras aufnahmen. Dichter Dschungel zog unter dem Schiff vorbei, dann war in der Ferne eine kilometerhohe Rauchwolke zu erkennen. Das Schiff stieß wie ein Raubvogel darauf herab.

Der Dschungel überwucherte jetzt die gesamte Stadt. Ein großer Kreis, der von unzähligen Pflanzen, Ranken und Kriechgewächsen bedeckt war, zeigte noch an, wo der einst unüberwindbare Schutzwall gestanden hatte. Als sie tiefer flogen, sahen sie dornige Lianen, die durch alle Fenster der Gebäude wuchsen. Tiere bewegten sich langsam auf den Straßen, die einst von Menschen bevölkert gewesen waren. Auf dem zentralen Lagerhaus saß ein Klauenhabicht, und das Mauerwerk bröckelte unter seinem Gewicht ab.

Als sie weiterflogen, erkannten sie auch, daß die Rauchwolke von den Trümmern eines Raumschiffs aufstieg. Anscheinend war es auf dem Raumhafen beim Start überrascht und am Boden festgehalten worden. Die gewaltigen

Ranken, die es dort fesselten, waren rauchgeschwärzt und teilweise verbrannt.

Nirgendwo in der zerstörten Stadt zeigte sich menschliches Leben. Nur die Tiere und Pflanzen der Todeswelt waren sichtbar; sie bewegten sich eigenartig langsam und zögernd, seitdem ihr einziger Feind tot war, dessen Haß ihnen neues Leben eingehaucht hatte. Als das Schiff über ihnen hinwegflog, gerieten sie wieder in Bewegung, denn die Gefühle der überlebenden Pyrraner glichen denen der Toten.

»Sie können doch nicht alle tot sein«, meinte Tecca mit erstickter Stimme. »Wir müssen nur richtig suchen.«

»Ich suche die ganze Stadt ab«, versicherte Meta ihm.

Kerk konnte den Anblick dieser Zerstörung kaum ertragen, und als er sprach, schien er mit sich selbst zu reden.

»Wir wußten, daß es eines Tages so enden würde. Deshalb haben wir einen neuen Anfang auf einem anderen Planeten zu machen versucht. Aber wissen und sehen sind zwei verschiedene Dinge. Unsere Freunde und Kameraden haben dort unten gelebt, wir haben dort fast unser ganzes Leben verbracht. Und jetzt ist alles zerstört.«

»Landen wir doch!« schlug Clon vor. »Wir können angreifen und kämpfen!«

»Wir haben keinen Grund mehr dazu«, erklärte Tecca. »Kerk hat recht – die Stadt ist rettungslos vernichtet.«

Das Mikrophon am Bug nahm Gewehrfeuer auf, und sie steuerten die Stelle an. Aber ihre Hoffnungen wurden enttäuscht – unter ihnen schoß nur ein automatisches MG, das bald keine Munition mehr haben und für immer schweigen würde.

Dann drang eine Stimme aus dem Deckenlautsprecher. »Pugnacious, hier ist Naxa. Hört ihr mich?«

»Naxa, hier ist Kerk. Wir sind über der Stadt. Wir sind … zu spät gekommen. Was ist geschehen?«

»Viel zu spät«, bestätigte Naxa. »Sie wollten nicht auf uns hören. Wir haben ihnen angeboten, sie an einen sicheren Ort zu bringen, aber sie haben abgelehnt. Nachdem der

Schutzwall gefallen war, haben die Überlebenden sich in einem Gebäude verschanzt. Wir konnten einfach nicht länger untätig zusehen. Jeder hat sich freiwillig gemeldet. Die besten Männer sind mit den Panzerwagen vom Bergwerk in die Stadt gefahren. Wir haben die Kinder gerettet, sie mußten einfach mit, und einige der Frauen. Und die bewußtlosen Verwundeten. Die anderen sind geblieben. Wir sind gerade noch rechtzeitig herausgekommen.

Als alles ruhig geworden war, bin ich mit einigen anderen Rednern in die Stadt zurückgegangen. Wir sind über Leichen hinweggestiegen, bis wir das Gebäude erreicht hatten. Die Zurückgebliebenen waren alle im Kampf gefallen. Wir konnten nur Bruccos Aufzeichnungen retten.«

»Sie wollten es nicht anders«, sagte Kerk. »Wo sind die Überlebenden? Wir müssen sie abholen.«

Naxa gab ihm die Koordinaten und fragte: »Was wollt ihr jetzt tun?«

»Wir melden uns wieder. Ende.«

»Was sollen wir tun?« erkundigte sich Tecca. »Hier haben wir nichts mehr verloren.«

»Auf Felicity sind wir hilflos, solange Temuchin herrscht«, stellte Kerk fest.

»Wir können ihn umbringen«, schlug Tecca vor.

»Nein, das ist ausgeschlossen«, antwortete Kerk geduldig. »Darüber sprechen wir später. Wir müssen erst die Überlebenden an Bord nehmen.«

»Wir haben auf der ganzen Linie verloren«, sagte Meta und drückte damit aus, was alle in diesem Augenblick dachten.

21

Die vier Leibwächter schleppten Jason herein und ließen ihn auf den Marmorfußboden fallen, wo er sich langsam aufrichtete.

»Hinaus!« befahl Temuchin seinen Männern und versetzte Jason einen Fußtritt an die Schläfe. Als Jason wieder auf die Beine kam, zeichnete sich dort eine große Beule ab.

»Ich nehme an, daß du einen Grund für diese Behandlung hast«, meinte er ruhig.

Temuchin ballte wütend die Fäuste und stapfte schweigend durch den großen Raum. Er blieb an einem der hohen Fenster stehen und sah auf die Stadt hinab; dann griff er nach den schweren Vorhängen, riß sie mit der Stange vom Fenster und schleuderte sie durch die geschlossenen Scheiben. Im gepflasterten Innenhof tief unter ihm klirrte Glas.

»Ich habe verloren!« brüllte der Nomadenführer.

»Du hast gesiegt«, verbesserte Jason ihn. »Was soll das alles?«

»Wir wollen uns nichts vormachen.« Temuchins Zorn war eisiger Gelassenheit gewichen. »Du hast gewußt, was passieren würde.«

»Ich habe gewußt, daß du siegen würdest – und du hast gesiegt. Die feindlichen Heere sind vor dir geflohen. Deine Stämme besetzen das Tiefland, und deine Offiziere herrschen in den Städten. Und du herrscht hier in Eolasair, wie es dem Herrn der Welt gebührt.«

»Spiel nicht mit mir, Dämon. Ich habe gewußt, daß es dazu kommen würde. Aber ich hätte nicht gedacht, daß es so rasch kommen würde. Du hättest mir mehr Zeit geben sollen.«

»Warum?« Jason erkannte, daß Temuchin nicht länger zu täuschen war. »Du hast damit gerechnet, daß du alles gewinnen und trotzdem alles verlieren würdest.«

»Richtig.« Temuchin starrte aus dem Fenster. »Aber ich habe geglaubt, nur mein Leben stünde auf dem Spiel. Nun sehe ich, daß unser aller Leben in Gefahr ist.« Er drehte sich nach Jason um. »Nimm mich, aber laß meine Leute wie bisher weiterleben.«

»Das kann ich nicht.«

»Du willst nicht!« brüllte Temuchin, rannte auf Jason zu und schüttelte ihn wie einen leeren Sack. Dann kam er wieder zur Besinnung. »Du hast es von Anfang an gewußt«, stellte er ruhig fest. »Trotzdem hast du es geschehen lassen. Weshalb?«

»Aus verschiedenen Gründen.«

»Zum Beispiel?«

»Die Menschheit kann recht gut ohne dich und deinesgleichen auskommen, Temuchin. Es hat in unserer Geschichte genügend Kriege gegeben. Das Blutvergießen muß ein Ende haben.«

»Ist das der einzige Grund?«

»Es gibt noch andere. Ich wollte erreichen, daß die Fremden ihr Bergwerk auf der Ebene anlegen können. Dieses Ziel ist erreicht.«

»Ich habe gesiegt und trotzdem verloren. Dafür muß es ein Wort geben.«

»Richtig, du hast einen ›Pyrrussieg‹ errungen. Ich wünschte, ich könnte dich bedauern, aber du tust mir nicht leid. Du gleichst einem gefangenen Raubtier, Temuchin. Ich kann deine Kraft und deine Geschmeidigkeit bewundern – aber ich bin trotzdem froh, daß du in die Falle gegangen bist.« Jason machte einen Schritt in Richtung Tür, ohne Temuchin aus den Augen zu lassen.

»Du entkommst mir nicht, Dämon«, stellte der Nomadenführer fest.

»Warum? Ich kann dir nicht mehr schaden – und nicht mehr helfen.«

»Und ich kann dich nicht töten. Ein Dämon ist bereits tot und kann nicht nochmals umgebracht werden. Aber das menschliche Fleisch, das du trägst, läßt sich foltern. Und das werde ich tun. Du hast eine lebenslängliche Folter vor dir. Das ist nur ein geringer Ausgleich für alles, was ich verloren habe – aber mehr habe ich nicht zu erhoffen. Ich warne dich, Dämon, wir ...«

Jason hörte nicht mehr zu, sondern rannte mit gesenktem Kopf durch die Tür in den Korridor hinaus. Die beiden Wachen hörten seine raschen Schritte, drehten sich um und senkten ihre Lanzen. Er blieb nicht stehen und rutschte statt dessen mit den Füßen voraus unter den Waffen hindurch. Die beiden Männer fielen übereinander; einer von ihnen wollte Jason festhalten und schrie auf, als dieser ihm mit einem kurzen Schlag das Handgelenk brach. Jason raffte sich auf, sprang mit riesigen Sätzen zehn, zwölf Treppenstufen auf einmal hinunter und riskierte dabei jedesmal einen Sturz. Dann hatte er die große Eingangshalle erreicht und lief durch das unbewachte Portal in den Hof hinaus.

»Haltet ihn auf!« brüllte Temuchin vom Fenster aus den Wachen zu. »Bringt ihn zurück!«

Jason rannte auf den nächsten Ausgang zu und wich aus, als dort plötzlich Soldaten auftauchten. Nun erschienen überall Bewaffnete. Er sah die hohe Mauer vor sich und zog sich daran hoch, als die Schritte seiner Verfolger hinter ihm erklangen.

Zu spät! Fünf oder sechs Hände griffen gleichzeitig nach seinen Beinen. Jason schlug mit den Füßen um sich, aber die Soldaten zogen ihn wieder von der Mauer.

»Bringt ihn mir!« rief Temuchin vom Portal her. »Bringt ihn zu mir. Er ist mein.«

22

Rhes erwartete sie. Neben der Pinasse stand eine winzige Gestalt, als die Pugnacious aus dem wolkenverhangenen Himmel fiel. Meta vergeudete keine Zeit, sondern landete mit 20 g und voller Leistung. Sobald die Schleuse sich öffnete, stapfte Rhes durch den Sand auf das Schiff zu.

»Erzähl uns alles so rasch wie möglich«, forderte Meta ihn auf.

»Es gibt nicht viel zu berichten. Temuchin hat den Krieg

gewonnen, was vorauszusehen war. Ich bin nach der letzten Schlacht geflohen, weil ich meine Daumen behalten wollte. Bei dieser Gelegenheit habe ich eure Nachricht empfangen. Was ist auf Pyrrus geschehen?«

»Die Stadt ist zerstört«, antwortete Kerk nur.

Rhes nickte schweigend; dann sah Meta zu ihm hinüber, und er fuhr fort.

»Jason hatte sein Funkgerät noch, und ich habe eine Nachricht von ihm empfangen. Sie war unvollständig, und ich habe sie nicht bestätigen können. Er läßt euch ausrichten, daß das Bergwerk bald in Betrieb genommen werden kann. ›Die Pyrraner haben gesiegt‹, lauteten die letzten Worte. Dann wurde er unterbrochen, aber ich habe seitdem nicht wieder von ihm gehört.«

»Was soll das heißen?« fragte Meta rasch.

»Temuchin regiert von Eolasair aus, der größten Stadt von Ammh. Er hält Jason dort gefangen ... in einem Käfig, der vor dem Palast hängt. Jason ist zuerst gefoltert worden; jetzt soll er langsam verhungern.«

»Warum?«

»Die Nomaden glauben, daß ein Dämon in Menschengestalt nicht umgebracht werden kann. Ihrer Überzeugung nach ist er gegen alle gewöhnlichen Waffen gefeit. Aber wenn man ihn lange genug hungern läßt, schrumpft die menschliche Gestalt, und der Dämon zeigt sich in seiner ursprünglichen Form. Ich weiß nicht, ob Temuchin diesen Unsinn glaubt, aber er hält sich jedenfalls daran. Jason hockt jetzt seit über fünfzehn Tagen in diesem Käfig.«

»Wir müssen zu ihm«, entschied Meta und sprang auf. »Wir müssen ihn befreien!«

»Selbstverständlich«, stimmte Kerk zu, »aber wir müssen es richtig anfangen. Rhes, kannst du uns Moropen und Kleidung beschaffen?«

»Wird gemacht. Für wie viele Männer?«

»Wir können nicht mit Gewalt in den Palast eindringen, in dem der Herrscher eines Planeten residiert. Deshalb reiten wir nur zu zweit. Du begleitest mich und zeigst mir den Weg. Ich sehe zu, was sich tun läßt.«

»Und ich komme mit«, warf Meta ein.

Kerk nickte zustimmend. »Wir reiten zu dritt. Sofort. Wir wissen nicht, wie lange Jason unter diesen Umständen am Leben bleibt.«

»Sie geben ihm jeden Tag einen Becher Wasser«, fügte Rhes hinzu. Er wich Metas Blick aus. »Am besten starten wir jetzt wieder. Ich gebe euch den Kurs an. Es spielt jetzt keine Rolle mehr, ob die Städter erfahren, daß wir von einem anderen Planeten kommen.«

Das war kurz vor Mittag gewesen. Rhes und Kerk betäubten die Moropen und brachten sie im Laderaum unter; dadurch ersparten sie kostbare Zeit, weil sie nicht reiten mußten. Sie landeten so dicht wie möglich an den Mauern von Eolasair, ohne jedoch beobachtet zu werden, und machten sich sofort auf den Weg in die Stadt. Am späten Nachmittag kamen sie dort an, und Rhes warf einem Straßenjungen ein Geldstück zu, damit er ihnen den Weg zum Palast zeigte. Er trug das Kostüm eines Handelsherrn; Kerk hatte seinen metallglänzenden Schutzanzug nicht abgelegt; Meta war verschleiert – sie hatte sich den hiesigen Sitten angepaßt, um nicht zuviel Aufsehen zu erregen. Sie bahnten sich langsam einen Weg durch die überfüllten Gassen.

Der Platz vor dem Palast war leer. Die weite Fläche aus poliertem Marmor glitzerte in der Sonne. Ein halbes Dutzend Nomaden hielten in bunt zusammengewürfelten Uniformen Wache. Zwischen zwei Säulen hinter ihnen hing der Käfig mit dem Gefangenen.

»Jason!« rief Meta und starrte die zusammengesunkene Gestalt an. Der Mann bewegte sich nicht.

»Das ist meine Sache«, meinte Kerk und glitt aus dem Sattel.

»Warte!« rief Rhes hinter ihm her. »Du kannst Jason nicht helfen, wenn du tot bist!«

Aber Kerk achtete nicht auf ihn.

»Temuchin!« brüllte er. »Komm heraus, Feigling! Kerk von Pyrrus erwartet dich! Zeig dich endlich – Feigling!«

Ahankk, der wachhabende Offizier, rannte mit gezücktem Schwert auf ihn zu, aber Kerk wehrte ihn mit einer raschen Bewegung ab. Ahankk überschlug sich und blieb tot liegen. Die Wachtposten bewegten sich, aber Kerk warf ihnen einen Blick zu, vor dem sie erschrocken zurückwichen. Dann öffnete sich das Portal, und Temuchin trat auf den Platz hinaus.

»Diesmal hast du zuviel gewagt«, rief er Kerk wütend entgegen.

»Nein, du hast dich selbst in deiner Tollkühnheit vergessen«, erwiderte Kerk ebenso laut. »Du hast die Gesetze gebrochen. Du hast einen Mann meines Stammes grundlos gefoltert. Du bist ein Feigling, Temuchin, das werfe ich dir vor deinen Männern vor.«

Temuchins Schwert blitzte in der Sonne, als er es zog.

Temuchin holte zu einem Schlag aus, der einen gewöhnlichen Menschen zerschnitten hätte – aber Kerk wehrte ihn ab. Die beiden hieben wütend aufeinander ein. Es war ein barbarischer Kampf ohne Regeln, ohne Kunstgriffe und ohne Methode – der Stärkere würde siegen, das war alles.

Ein Schlag folgte dem anderen, bis Temuchins Waffe plötzlich an Kerks Schwert zerbrach. Der Nomadenführer warf sich blitzschnell zurück, so daß sein Gegner ihm nur eine unbedeutende Wunde an der Hüfte zufügte, anstatt ihm den Leib aufzuschlitzen. Er blieb auf dem Rücken liegen, und Kerk holte langsam zum letzten Hieb aus.

»Bogenschützen!« rief Temuchin. Er wollte sich seinem Schicksal nicht so leicht ergeben.

Kerk lachte und warf sein Schwert fort. »Du entkommst mir nicht, Feigling. Ich bringe dich lieber mit bloßen Händen um.«

Temuchin zischte einen Fluch, sprang auf und stürzte sich auf seinen Gegner. Diesmal wurden keine Schläge mehr gewechselt. Statt dessen umklammerte Kerk mit beiden Händen Temuchins Hals. Temuchin griff ebenfalls nach Kerks Hals, aber die Nackenmuskeln des Pyrraners glichen Stahlseilen; er konnte nichts dagegen ausrichten.

Temuchin verdrehte den Oberkörper, schob eine Hand rückwärts unter seinen Gürtel und zog den Dolch heraus, den er dort versteckt trug.

»Kerk! Er hat ein Messer!« brüllte Rhes warnend, als Temuchin die Hand nach vorn riß und Kerk seinen Dolch unterhalb der Rippen in den Leib stieß.

Er zog die Hand zurück, aber die Waffe blieb stecken.

Kerk stieß einen wütenden Schrei aus – aber er lockerte seinen Griff nicht. Im Gegenteil, er schob beide Daumen unter Temuchins Kinn und drückte es nach oben.

Dann knackte etwas laut. Temuchins Körper wurde schlaff.

Kerk lockerte seinen Griff, und Temuchin der Große, Herrscher über die Hochebenen und das Tiefland, sank tot vor ihm zusammen.

Meta eilte zu Kerk hinüber und sah besorgt auf den roten Fleck an seiner Seite, der allmählich größer wurde.

»Laß den Dolch stecken«, befahl Kerk ihr. »Er verschließt die Wunde. Tecca kann sich später darum kümmern. Holt Jason herunter.«

Die Wachtposten waren zu keiner Bewegung fähig, als Rhes einem von ihnen die Hellebarde aus der Hand nahm und damit den Käfig herunterholte, der krachend zu Boden stürzte. Jason blieb wie tot liegen. Seine Augen lagen in tiefen Höhlen, und die Haut war straff über die Backenknochen gespannt. Seine Kleidung bestand nur noch aus Lumpen, so daß die Narben und Brandwunden überall zu sehen waren.

Jason öffnete ein blutunterlaufenes Auge und sah zu ihnen auf.

»Wird allmählich Zeit, daß ihr kommt«, murmelte er und ließ das Auge wieder zufallen.

23

»Danke, nichts mehr«, sagte Jason und schob das Glas fort, das Meta ihm entgegenhielt. Er saß in seiner Koje an Bord der Pugnacious, war verbunden worden und hatte Stärkungsmittel erhalten. Kerk hatte ihm gegenüber Platz genommen.

»Du bist uns noch eine Erklärung schuldig«, stellte Kerk fest. »Wir wissen nicht, was hier geschehen ist – und weshalb Temuchin glaubte, er habe alles verloren, obwohl er doch auf ganzer Linie gesiegt hatte. Das ist eigenartig.«

»Ich hätte unsere Bibliothek früher zu Rate ziehen sollen«, antwortete Jason. »Dann hätte ich erfahren, daß Zivilisationen unterdrückt oder zerstört, aber nicht geändert werden können. Und wir haben versucht, das Leben der Barbaren von außen her zu beeinflussen. Habt ihr schon einmal von den Goten gehört?«

Kerk und Meta schüttelten die Köpfe.

»Nun, die Goten waren ein Barbarenstamm auf Terra; sie lebten in den Wäldern, waren unabhängig und kämpften gegen römische Legionen, wenn sich Gelegenheit dazu bot. Diese Stämme und die Germanen, die das gleiche Leben führten, wurden immer wieder besiegt – aber glaubt ihr, daß sie daraus etwas gelernt haben? Natürlich nicht. Die Überlebenden zogen sich in die Wälder zurück und bereiteten den nächsten Überfall vor. Ihre Kultur wurde erst verändert, als sie siegten. Die Germanen eroberten Rom, lernten die Vorteile zivilisierten Lebens kennen und waren plötzlich keine Barbaren mehr.

Ich habe mich an diesem Vorbild orientiert und dafür gesorgt, daß hier der gleiche Fall eintrat. Temuchin war ein ehrgeiziger Mann und konnte nicht widerstehen.«

»Und er hat verloren, obwohl er gesiegt hatte«, fügte Kerk hinzu.

»Richtig. Er hatte die Städte erobert, wollte sie ausbeuten und mußte sie folglich besetzt halten. Seine besten Offiziere wurden als Gouverneure eingesetzt und genossen den neuen Luxus in vollen Zügen. Trotzdem waren sie im Grunde ihres Herzens noch Nomaden – aber wie stand es mit der folgenden Generation? Wie konnte Temuchin seinen Willen bei den Steppenbewohnern durchsetzen, wenn er und seine Offiziere in den besetzten Städten residierten?

Nach einiger Zeit begann eine ganz logische Entwicklung. Schließlich bleiben die Barbaren nicht auf ihrer Hochebene in der Kälte, wenn sie es hier unten gemütlicher haben und dazu noch Wein trinken können.«

»Armer Temuchin«, sagte Meta leise. »Er war so ehrgeizig und hat trotzdem alles verloren, obwohl er gesiegt zu haben glaubte.«

»Richtig«, stimmte Jason zu. »Er war ein großer Mann.«

»Tut es euch etwa leid, daß ich ihn umgebracht habe?« wollte Kerk wissen.

»Keineswegs. Er hat sein größtes Ziel erreicht und ist dann gestorben; das können nicht viele von sich behaupten.«

»Du kannst jetzt gehen, Kerk«, stellte Meta fest.

Der große Pyrraner wollte widersprechen, lächelte dann verständnisvoll und verließ die Kabine.

»Was hast du nun vor?« fragte Meta, sobald sich die Tür hinter ihm geschlossen hatte.

»Schlafen, essen und wieder schlafen.«

»Das meine ich nicht. Bleibst du bei uns? Oder willst du fort?«

»Spielt das eine Rolle für dich?« fragte Jason. Er wußte genau, was Meta zu sagen versuchte, aber er konnte es ihr nicht leichter machen. Er senkte den Kopf.

»Nein, sieh mich an«, forderte Meta ihn auf und nahm seinen Kopf in beide Hände. Diese Geste sagte mehr als viele Worte.

»Ob du bleibst oder gehst, ist sehr wichtig für mich – auf völlig neue Weise.« Meta sprach langsam; sie stotterte fast und runzelte die Stirn bei ihrem Versuch, Gefühle in Worte umzusetzen. »Wenn ich mit dir zusammen bin, möchte ich dir alles mögliche sagen. Weißt du, was der netteste Ausdruck unserer Sprache ist?« Er schüttelte den Kopf, und sie fuhr fort: »›Du kämpfst gut‹, sagen wir vielleicht. Aber ich möchte dir etwas anderes sagen ...«

Jason nickte schweigend. Meta holte tief Luft und sah ihm in die Augen.

»Ich liebe dich«, sagte sie, »und ich werde dich immer lieben. Du darfst mich nie verlassen.«

»Und ich liebe dich auch«, antwortete Jason leise.

»Du verläßt mich nie wieder«, stellte Meta fest.

»Und du bleibst immer bei mir. So, das wäre die kürzeste und beste Eheschließungszeremonie der Geschichte. Du darfst mir den Arm brechen, wenn ich jemals wieder ein anderes Mädchen ansehe.«

Meta zögerte einen Augenblick. »Wir Pyrraner bleiben hier – aber was ist mit dir? Ich möchte sie nicht verlassen, aber ich bleibe natürlich an deiner Seite.«

»Du brauchst nicht fort. Ich bleibe hier. Ich bin auch ein Pyrraner – hast du das vergessen? Pyrraner sind rauhbeinig, eigensinnig und jähzornig, aber das bin ich auch. Vielleicht finde ich hier endlich eine Heimat.«

»Bei mir, immer bei mir.«

»Natürlich.«

Danach gab es nichts mehr zu sagen.

HARRY HARRISON
BEI HEYNE

Retter einer Welt · 0603058
Der Daleth-Effekt · 0603352
Das Prometheus-Projekt · 0603730
New York 1999 · 0604351
Die Turing Option (mit Marvin Minski) · 0605647

DER STAHLRATTEN-ZYKLUS:

Agenten im Kosmos · 0603083; auch 0603928
Rachezug im Kosmos · 0603393; auch 0603974
Ein Fall für Bolivar de Griz, die Stahlratte · 0603417
Jim di Griz, die Edelstahlratte · 0603578
Macht Stahlratte zum Präsidenten · 0604096

Erweiterte Ausgabe in neuer Ausstattung
und unter neuen Titeln:

Die Geburt einer Stahlratte · 0604487
Stahlratte wird Rekrut · 0604488
Stahlratte zeigt die Zähne · 0604489
(vormals *Agenten im Kosmos*)
Stahlratte schlägt zurück · 0604490
(vormals *Rachezug im Kosmos*)
Stahlratte rettet die Welt · 0604491
(vormals *Ein Fall für Bolivar di Griz, die Stahlratte*)
Stahlratte will dich · 0604492
(vormals *Jim di Griz, die Edelstahlratte*)
Macht Stahlratte zum Präsidenten · 0604493
Stahlratte singt den Blues · 0605296
Visionen einer Stahlratte · 0605297
Die Stahlratte fährt zur Hölle · (in Vorb.)

HARRY
HARRISON
BEI HEYNE

DIE TODESWELTEN-TRILOGIE:

Die Todeswelt · 0603067
Die Sklavenwelt · 0603069
Die Barbarenwelt · 0603136; auch 0607024
Auch als Sonderausgabe in einem Band:
Todeswelten · 06055; auch als 0604350

ZU DEN STERNEN-TRILOGIE:

Heimwelt · 0603910
Radwelt · 0603911
Sternwelt · 0603912
Auch als Sonderausgabe in einem Band:
Zu den Sternen · 0604695

BILL, DER GALAKTISCHE HELD:

Der unglaubliche Beginn! · 0605171
Die Welt der Roboter-Sklaven · 0605172
Die Welt der eßbaren Gehirne · 0605173
(mit Robert Sheckley)
Die Welt der unaussprechlichen Wonnen · 0605174
(mit David Bischoff)
Die Welt der zehntausend Bars · 0605175
(mit David Bischoff)
Die Welt der Zombie-Vampire · 0605176
(mit Jack C. Haldeman II.)
Das letzte inkohärente Abenteuer · 0605177
(mit David Harris)

In der
BIBLIOTHEK DER SCIENCE FICTION LITERATUR:

New York 1999 · 06026
Todeswelten · 06055

HEYNE BÜCHER

HEYNE
BÜCHER

Wild Cards

»Die wohl originellste und provozierendste Shared World-Serie.«

Peter S. Beagle in OMNI

Gemischt und ausgegeben von George R. Martin

06/5604

Vier Asse
1. Roman
06/5601

Asse und Joker
2. Roman
06/5602

Asse hoch!
3. Roman
06/5603

Schlechte Karten
4. Roman
06/5604

Wilde Joker
5. Roman
06/5605

Heyne-Taschenbücher